お兄さんの悩みごと

お兄《にい》さんの悩《なや》みごと

真《ま》先《さき》ゆみ
ILLUSTRATION：三《み》尾《お》じゅん太《た》

お兄さんの悩みごと

LYNX ROMANCE

CONTENTS

お兄さんの悩みごと

◇玲音《れおん》◇

コトコトと煮えるシチューの深鍋《ふかなべ》に蓋《ふた》をして、西形《にしかた》玲音は身につけていた黄色いエプロンをはずした。愛らしいクマのキャラクターがプリントされたそれは、去年の誕生日祝いに弟からプレゼントされたものだ。

『おいしいごはんを、いつもありがとう』

そう言って、はにかみながら紙袋をさし出した姿はとても愛らしく、玲音は思い出すたびに顔をほころばせている。

大学二年生にもなった男に愛らしいという形容詞は不適切かもしれないが、実際にそうなのだからしかたがない。

八歳年下の弟の西形綺羅《きら》は、名が体を表すという言葉そのままに、透明感のある整った顔立ちや優しげで愛くるしい表情がキラキラと輝いていて、世界一可愛いのだ。

ブラコンだと笑われようと、身内の欲目だと言われようとも、玲音は本気でそう思っている。

ダイニングテーブルの隅にある小さな置時計を見ると、大学の講義を終えた綺羅が帰宅するまで、あと三十分といったところか。

彼の好物のクリームシチューは鍋のなかでおいしそうに煮えているし、サラダは特製のドレッシングであえるだけのところまで仕上がり、近所のベーカリーショップで買った人気の焼きたてバゲットもすでにカゴに盛られている。

兄弟がふたり暮らしを始めてから、もうじき九年。玲音の仕事が安定し、収入が増えたのを機会に現在のマンションに移り住んでからは、四年余りがたつ。

決して恵まれた環境とは言えず、いろいろと不自由や我慢をさせてきただろうに、綺羅は素直でまっすぐないい子に育ってくれた。身の回りのことは自分でなんでも器用にこなすし、大学にも真面目《まじめ》に通っている。

在宅勤務である玲音のほうが時間の都合をつけやすいため、どうしても家事を引き受ける割合が多いのだが、不公平だと綺羅は気にしているようだ。玲音にとって炊事も掃除もたいして苦にはならないので、主婦のような現状にはなんら不満はない。むしろ望むところだ。

せっかくの大学生活なのだから、もっと有意義で実りある時間を過ごしてほしい。

そうしてやることが兄の務めだとも思っている。

さしあたって大きな心配事も憂《うれ》いもなく、兄弟の暮らしは穏《おだ》やかに過ぎていた。

鍋の中身が焦《こ》げないように火力を調節して、はずしたエプロンを椅子の背にかけた玲音は、テーブルに置いてあったノートパソコンを立ち上げた。

受信したメールの内容をチェックし、不定期に届くメールマガジンはまとめて削除して、必要なものには返事を送る。

仕事仲間からの新しい依頼は、日程的にスケジュールを見直す必要があるので即答を避け、あらためて相談する場を設《もう》けることにし、その旨《むね》を返信した。

玲音の職業を一言で表すとしたら作家だろうか。

きっかけは大学時代に書いたゲームのシナリオだが、個人名義のライトノベルズも何冊か刊行しており、いまでは現場によって与えられる肩書が変わるほど手がける幅を広げている。

ありがたいことに仕事の依頼は途切れることなく舞い込み、世間でも業界内でもそれなりの評価を得ている。

家庭だけでなく仕事もすこぶる順調で、大きな悩みも不満もない。

それなのに玲音は、ため息まじりに呟《つぶや》いていた。

「……長い休みを取って、南の島でのんびりだらだらしたい……」

誰しも一度は考えたことがあるだろう、優雅で贅沢《ぜいたく》な望みは、このところの玲音の口癖《くちぐせ》でもある。

実際に長期休暇を取れと言われれば、混乱して焦《あせ》るだろうに、ついくり返し呟いてしまうのはどうしてだろう。

自堕落《じだらく》で開放的な生活に憧《あこが》れを抱いてみても、そこへ踏み出す勇気はなく、いまさら違う自分にもなれない。

性格的に普通の会社勤めには向いていないことは、嫌というほどわかっていた。

他人に羨《うらや》まれる容姿も、外を歩くだけでなにかと声をかけられる面倒さが悩みでしかない。

少々人嫌いの気があり、人ごみも苦手な玲音にとって、室内に籠《こ》もっての個人作業はまさに理想的と言えた。

新たに届いたメールに添付されていた、一年先までのスケジュールの予定表に目を通す。

長期休暇を夢見ながら、隙間《すきま》なく埋まっている仕事の予定に安堵《あんど》する。

自分でもよくわからない不思議な矛盾《むじゅん》。

誰よりも玲音のことを理解してくれている男が調整したスケジュールに問題があるはずもなく、了解の返事を書いていると、廊下を急ぎめに歩いてくる足音が聞こえてきた。

どうやら予定の時間どおりに綺羅が帰宅したようだ。

綺羅は鞄《かばん》を肩にかけたまま、まっすぐにリビングに入ってきた。

「おかえり、綺羅」

声をかけると、驚いたように目を丸くする。

「……ただいま。れーちゃん、仕事が忙しいって言ってなかった？　カレーを作ろうと思って材料を買ってきたんだけど、なに、このいい匂い」

シチューでしょうと呟きながらテーブルの上に置かれたスーパーのビニール袋には、じゃがいもと玉ねぎが入っている。

「言ったけど、でも夕飯の支度《したく》くらいはできるよ。それに料理は息抜きだしね」

確かに締め切りが間近に迫っている仕事はある。

だが綺羅と囲む食卓は特別なもので、そのためなら時間のやりくりも惜しまない。

「れーちゃんがそう言うならいいけど、でも無理はしないで。忙しいときはオレが頑張るから、ちゃんとそう言ってよね」

一生懸命な言葉が優しく胸に響いて、玲音は頰《ほお》を緩《ゆる》めた。

やはり綺羅は世界で一番可愛い弟だ。

素直で優しくて、心根の真《ま》っ直《す》ぐな優しい子に育ってくれたと思う。

素直すぎて多少天然っぽい傾向はあるが、それも愛嬌《あいきょう》の範囲だろう。

巷《ちまた》でもよく言われているではないか。可愛いは正義だと。

「ありがとう、綺羅。でもオレは大丈夫だから」

「れーちゃん……」

綺羅はまだなにか言いたそうな顔をしていたが、諦《あきら》めたようにキッチンに向かった。

「晩ごはん、まだ手伝えることはある？」

「それじゃあ、サラダをドレッシングであえてくれるか」

「わかった」

綺羅がサラダを仕上げている間に、玲音はシチューをスープ皿によそい、食卓を整えていく。

向かい合って席につくと、和《なご》やかな夕食が始まった。

好物に喜ぶ綺羅がおいしいと褒《ほ》めてくれて、玲音はますます気分をよくした。

「大学のほうはどうだ？　なにか困ったことはないか？」

贔屓目《ひいきめ》でなく容姿の整った綺羅は、昔から不用意に他人を惹《ひ》きつけやすい。

幸いにも惹かれた相手がそこまで悪人ではなかったことと、綺羅の持ち前の天然さで大事に至ったことはないが、これからもそうだとは限らない。

玲音と違って小柄な体格はなにかと不利なので、護身術を習わせてみたが、それでも心配はつきなかった。過保護すぎると言われようと、こまめな確認は兄の務めだ。

「あ……うん。講義はおもしろいし、毎日楽しいよ」

言葉のわりに、綺羅の視線がさりげなくテーブルの上に逃げる。

答えを濁《にご》されたような気がして、玲音は首を傾《かし》げた。

「綺羅？」

「……なに」

「なにか気がかりなことがあるなら、話してごらん。本当になにもないならそれでいい。でもオレには、そうじゃないって顔に見えるよ？」

綺羅のことなら、この世の誰よりもよくわかる。

幼いころからそうしてきたように、柔《やわ》らかい口調で促《うなが》すと、綺羅は迷いながらも玲音のほうへと視線を戻してきた。

「れーちゃん、あのね……」

「うん？」

「実は、前にも話した、サークルの後輩のことなんだけど」

後輩と聞いて、玲音は眉をひそめる。

「まさか、あの蜂谷《はちや》ってヤツのことか？」

「そう。その蜂谷がね、しょっちゅう会いに来るんだよね。昼休みとか空き時間とかに」

「しょっちゅう？」

「うん。ほぼ毎日ね」

綺羅の口から初めて蜂谷の名前を聞いたのは、今年の春のこと。綺羅が通う大学の入学式があった日の夜だった。

その日の綺羅は、新入生のサークル勧誘合戦に駆り出されていた。

綺羅は『ゲーム研究会』という文化系のサークルに籍《せき》を置いている。といっても名前を連《つら》ねているだけで活動実績はそれほどないのだが、それでもかまわないという条件で頼み込んできた先輩の、押しの強さに断りきれなかった結果の入部だった。

そんな綺羅が勧誘合戦に参加したのは、また件《くだん》の先輩に頼まれたからで、こんなときくらいは協力しようかと思ったからだった。

大学のメインストリートに特設された入部受付のテーブルで、訪れた希望者への応対と、届け出用紙に必要な事柄《ことがら》を記入してもらう仕事を与えられ、綺羅は他のメンバーと一緒になんとか役目をこなしていた。

そこへ通りかかったのが新入生の蜂谷で、綺羅の顔を一目見るなり真顔になると、あろう事かいきなり手を握って愛の告白をしてきたのだそうだ。

大勢の学生が行き交う大通りで、初対面の男から告白されて、よほど衝撃を受けたのだろう。帰宅した綺羅は、絵に描いたような放心状態だった。

そのうえ蜂谷は翌日にも訪ねて来ては、あらためて交際を申し込んできたため、丁重《ていちょう》にお断りしたというのが前回までに聞いた話だった。

さすが衆人環視《しゅうじんかんし》のなかで恥ずかしげもなく告白できる男は、諦めも悪いらしい。

「ちゃんと断ったのに、いまだに綺羅を追いかけまわしてたのか」

「なんでオレなんだろう。理解に苦しむよ」

「そんなの決まってるだろう」

「え?」

「可愛いから、一目で気に入ったんだ」

そしてどうしても欲しくなったのだ。

綺羅は群集のなかでもひときわ目立つような派手さはないが、一度目にとまると、そのまま視線が逸《そ》らせなくなるような不思議な魅力がある。

目が離せなくなって、気づくのだ。綺羅の容姿がとんでもなく整っているということに。

外見に惹かれて寄ってくる男がいても、なんら不思議ではなかった。

「なに言ってんの。れーちゃんくらい綺麗だったら、一目惚《ぼ》れされるのもわかるけど」

おもしろそうに噴《ふ》き出した綺羅は、本当にわかっていないのだなと思う。

「いいや。オレの弟は、世界で一番可愛いんだぞ」

「……れーちゃん、そういうの、兄バカって言うんだよ」

「バカだろうと、本当のことだ」

弟に呆《あき》れたようなため息をつかれて、玲音もついむきになって言葉を重ねた。

本気でわかっていないところが、綺羅の困ったところであり、また可愛いところでもある。

少々天然ボケに育ってしまったのは、過保護にしすぎたせいだろうか。

「まあ、あまりにも度が過ぎるようなら、オレから大学に通報してやるけど、どうする？」

本来ならいますぐにでもそうしてやりたいところだが、綺羅は慌《あわ》てたように胸の前で手を振った。

「そこまでしなくてもいいよ！　一緒に昼ごはんを食べようっておしかけてくるだけだし、デートの誘いも、断ったら、ちゃんと引いてくれるし」

優しい綺羅のことだから、相手が蜂谷のような男でも騒いで大事にしたくないのだろう。

「そういうことなら、しばらく様子を見るか。だが、ちょっとでも様子が変わったらすぐに言え。絶対に我慢するなよ」

「うん。ありがとう、れーちゃん。心配かけてごめんね」

「バカ、当然だろう。なにかあってからでは遅いんだからな」

「わかってるってば」

大丈夫だと、にこっと笑顔を浮かべた綺羅に、本当にわかっているのかと問い質《ただ》したくなる。

だがこれ以上追いつめるのも酷《こく》だろう。

話を終える合図に、使った食器を手に椅子《いす》から立ち上がると、

「あっ、片づけはオレがするから、れーちゃんは座ってて」

つられて腰を浮かせた綺羅に、横から皿を取られた。

「じゃあ、頼む」

「任せて」

キッチンに運んだ食器をてきぱきと食器洗浄機に入れる様子を眺《なが》めていると、テーブルに置いていた玲音のスマートフォンが振動した。

手に取って見ればメールが一件届いている。送信者の名前は志季《しき》高柾《たかまさ》。玲音の仕事仲間のうちのひとりだ。

『いまから行く』

簡潔《かんけつ》な文章に、玲音は無意識に眉間にしわを寄せた。

「れーちゃん、どうかした？」

「いや、いまから志季が来るってさ」

「志季さんが？　まだお仕事なんだ。遅くまで大変だね」

「べつに、あいつは仕事が趣味だから平気だろう」

必要以上に素っ気ない口調になってしまったが、綺羅はいつものことだと深くは受け止めなかったようだ。

「またそんなこと言って。きっと晩ごはん、まだだよね。シチューを温めておこうか」

「……そうだな」

玲音は席を立つとキッチンに入った。冷蔵庫を開けてキャベツを取り出す。特製のドレッシングがまだ残っているし、たいした手間でもない。べつに志季が以前ドレッシングの味を褒めてくれたからではないと、玲音はいそいそとサラダを作り始めた自分に言い訳をした。

志季は、さきほど玲音に仕事のスケジュールを送信してきた男だ。

玲音が作家という職業を選んだのは、在宅勤務で家事をこなすのにうってつけで、なおかつ外出しなくていいという理由が大きい。

幼いころから本を読むのは好きだったが、書き手に回ったきっかけは、大学時代の友人たちと始めた遊びだった。

ランチの最中のなにげない会話から始まった、こんなゲームがあったらやってみたいと思うものを形にしていく他愛のない妄想遊び。

イラストを描くのが得意なやつと、ピアノの演奏が得意で作曲が趣味のやつと。自分たちの趣味や好みを持ち寄って、あれがいい、こうしたらいいと妄想を膨《ふく》らませていく。

そのなかで玲音は自然と、世界観や設定や物語をまとめて文章にする役割になった。

たんなる遊びが、かなり具体的な状態にまで仕上がったころ、玲音たちの遊びを偶然に知った藤堂《とうどう》というゼミ仲間が、いつの間にかそれを知人のゲーム制作会社に売り込んだことで事態が大きく変わった。とんとん拍子に商品化へと話が進んだのは、奇跡のような展開としか言いようがない。

ファンタジー世界の冒険物語だったそれは、発売されるなり玲音たちの想像を超えたヒット作となり、結果に満足したゲーム制作会社から続編を依頼された。

断る理由もなく、大学に在学しながら制作に取りかかった玲音たち三人だったが、その際に制作集団としての体制を整えたほうがいいと発案したのも藤堂だった。

代表者として交渉に当たった藤堂が、ゲーム制作会社とどのような話し合いをしたのか、詳しい内容は知らされなかったが、続編の制作はあくまで玲音たち三人のチームと、ゲーム制作会社との共同で行うということで契約が交わされた。

若く有望な才能が集《つど》ったチーム。

同タイトルの続編を制作後、すぐにシリーズ化が決定し、チームの名前は業界に広く知れ渡ることとなった。

チーム結成から五年が過ぎた現在ではメンバーも増え、玲音たち初代組の三人が揃って同じ作品に携《たずさ》わることは稀《まれ》だ。仕事の種類も規模も拡大したが、それでもチームのブランド力を保ち続けているのは、そのまま代表者におさまった藤堂の経営手腕によるところが大きい。

事務所として借りているマンションの一室に留《とど》まらず、常に外へ出て精力的に営業活動をこなす藤堂は、初代組それぞれのおおまかなスケジュール管理も担当している。

そんななかで、チーム結成の際に金勘定ができる人間が欲しいと仲間に引き入れられた男が志季だった。

志季は当時、弁護士を目指して学んでいたのだが、なぜか藤堂の誘いにあっさりと頷《うなず》くと、公認会計士と司法書士の資格を習得して事務作業を一手に引き受けている。

いまではチームの内部を取り仕切る、なくてはならない男だ。

そしてなぜか、近年ではゲームやアニメのノベライズや、ドラマCDの脚本、オリジナル小説も手掛けている玲音のマネージャーも兼任している。

本人は藤堂の負担を減らすためだと言っていた。

同様に同じく初代組の音楽担当にも専任のサポートがついたことで、藤堂はもうひとりの絵描き担当の世話に時間をさけるようになったようだった。

玲音に舞い込む仕事は、チーム代表の藤堂を通って志季に届き、玲音の元へとやってくる。

玲音はスケジュールの都合がつけば、一部の例外を除いて大抵の仕事は受けていた。

その例外とは、顔出しの必要があるもの。公《おおやけ》に姿を晒《さら》さなくてはならない仕事はNGだと決めており、いまでは徹底している。

玲音が過去には生活費を稼ぐためにモデルのアルバイトをしていたのを知っている藤堂は、もったいないことだと嘆《なげ》くが、嫌なものは嫌だとはねつけていた。

モデルと作家を兼業していたせいで、中傷《ちゅうしょう》や人間関係のトラブルが続いた時期がある。結果的に作家業に専念できるようになって、玲音としてはよかったが、人嫌いに拍車がかかったのは否めない。

当時の出来事を一番近くで見てきた志季が、玲音の心情を理解し、配慮してくれるのがなによりの救いだった。

志季は味方なのだ。あのころも、そしていまも。

玲音が望むことならなんでも叶えようとしてくれる。たとえそれが友人の域を超えた無茶な願いであっても。

サラダを盛りつけ、食卓に肘《ひじ》をついてぼんやりと考え事をしていた玲音は、玄関チャイムの音で我に返った。

ドアを開いて出迎えると、どんな時間だろうときっちりとスーツを着こなした志季が、涼しい表情を浮かべて立っている。

知的でクールな顔立ちに、フレームレスの眼鏡《めがね》が嫌味なくらいに似合っていた。

「遅い時間にすまない。これにサインを頼む」

さし出された茶封筒を受け取って、中身を確認する。

「いいよ、急ぎの用件なんだろ。それに言うほど遅くないし」

茶封筒の中身は、来月発売の文庫本の出版契約書だった。

サインをするだけの書類など郵送でもかまわないのに、なぜか志季は毎回律儀《りちぎ》に届けに来る。

「とりあえず、上がれよ」

返事も聞かずに廊下を戻ると、玄関ドアが閉まる音に続いて、革靴を脱ぐ気配がした。

綺羅は提出期限が迫ったレポートがあるそうで、すでに自室に戻っている。

書類をひとまずテーブルの上に置いて、玲音はキッチンから訊《たず》ねた。

「おまえ、夕食はまだなんだろ？」

「ああ」

「食っていけよ。残り物だけど」

そう言うと、志季の返事も聞かずに食器棚からスープ皿を取り出す。

「いや、ありがたい。じつは昼も食べ損《そこ》ねていたから」

「なんだよそれ。メシを食う時間くらい、ちゃんと確保しろよ」

「……わかった。気をつける」

テーブルについた志季が、肩の力を抜いてネクタイを緩めるしぐさに、胸のなかがほっとする。

いつもより多めによそったシチューの皿を置き、酒はいらないと言うので作り置きの黒烏龍茶《くろウーロン》を添えた。

「パンもサラダもおかわりあるから、遠慮するなよ」

「ああ。いただきます」

食事を始めた志季の向かいの席に腰を下ろした玲音は、開いた契約書にろくに目も通さずに、指定された個所に万年筆で署名した。

「こら、少しは内容に目を通せ」

「おまえがサインをしろと言ったものだろ。オレに不都合があるわけがない」

志季が自分の不利になるようなものを持ってくるはずがない。

それだけ信頼しているのだと目を向けると、志季は苦笑した。

「まったく、おまえは……」

「なにか文句があるか？」

「いや。……玲音」

「……なに？」

「おまえが作る料理は、いつもうまいな」

「……そう？」

「ああ、ほっとする」

やんわりとした笑顔を向けられ、玲音は落ち着かない気分になって目を逸らした。

「そんなの、綺羅が作ったものかもしれないだろ」

「食べればわかる」

「褒めても……それ以上はなにも出ないよ」

じわじわと頰が熱くなってきたのを自覚した玲音は、コーヒーを淹《い》れるために席を立った。

「最近、あいつらはどうしてる？　元気でやってる？」

「ああ、忙しそうだが、特に変わりはない。おまえもたまには飲みの誘いを受けてやれ。会いたがってたぞ」

「外に出るのは嫌だ。オレと飲みたいなら家に来いって言っておいて。つまみくらいは用意してやるから」

「うるさい店ばかりじゃないぞ？」

「それは……わかってるけど」

志季の言っていることは理解できるのだが、人ごみのなかに出かけると思うだけで、どうしても面倒な気持ちになる。

去年の暮れにも、チームで催《もよお》された忘年会に出席したら、同じ店に居合わせた女子大生に囲まれて辟易したのだ。モデル時代の玲音を知っていたひとりに気づかれたせいなのだが、アルコールが入った彼女たちは遠慮も容赦《ようしゃ》もなかった。言葉も通じなくなった集団とのやりとりは、いまでも軽くトラウマだ。

そんなこともあって、近頃では仲間と会うのも、もっぱら家飲みだった。

他のメンバーの近況や、チーム内の出来事などを訊《き》いているうちに、気づけばいつの間にか日付が変わっていた。

「もう遅いし、泊まっていけば？」

「じゃあ、そうさせてもらうか」

「仕事部屋のベッドを使って。風呂も寝酒もお好きにどうぞ。バスタオルとおまえの服はいつものところにあるから」

リビングのすぐ横にある玲音の仕事部屋には、仮眠用に購入したソファーベッドがあり、バスルームの収納棚には、志季専用の引き出しがある。

「玲音は？」

仕事場を占領してもかまわないのかという意味だろう。

「自分の部屋で作業するからいいよ」

執筆に使用しているのはノートパソコンだから、なんの不都合もない。

「手間をかけて悪い」

「そんなふうに遠慮するような仲じゃないだろ。ところで明日は？　朝メシ食う時間も入れて、何時に起こせばいい？」

「いや、そこまで甘えるつもりは……」

「ひとり分増えたところで手間は同じなの。いいから何時か言え」

「じゃあ……六時に」

「六時だな、わかった」

背中を押してバスルームに送った志季が戻って来る前に、ソファーベッドに新しいシーツをかけ、毛布と枕も用意しておく。

仕事机から必要なものを抱えて、自室である玄関わきの部屋へ移動した。

気分はずっとそわそわしているが、締め切りの迫った仕事がある。

フロアテーブルにパソコンを置いて電源を入れ、気合いを入れて作業の続きを始めた。

いつの間にか作業に集中していて、しばらくたったころ、部屋のドアが小さな音をたてた。ノックされたのだと気づいて慌てて腰を上げる。

「……はい？」

『仕事中に悪い』

ドア越しに聞こえてきたのは志季の声だ。玲音は一瞬迷ったが、わざとドアを開けないままで対応した。

「いいけど、どうかした？」

『明日の予定が変わった。出勤前に寄るところができたから、朝メシは必要ない』

「えっ」

『声はかけずに行くから』

そわそわとどこか浮かれた気分が急激にしぼみ、がっかりする気持ちが胸に広がる。

朝まで仕事をして、そのまま朝食の支度をしてやって、玄関から出勤を見送る。そんな予定が実は楽しみだったのだと自覚して、玲音はかっと頬を赤らめた。

まるで乙女《おとめ》のような自分の反応が恥ずかしくて、せめて志季には気づかれないように、なんでもない素振りで答えるのが精一杯だった。

「……わかった」

『玲音』

「……なに？　書類のサインになにか不備でもあった？」

『いや……夜型になるのは仕方がないが、無理はするなよ』

何度も言われている言葉に、玲音も同じ返事をする。

「わかってる。おやすみ」

『ああ』

ドアの前から足音が遠ざかって、玲音はふっとため息をついた。

志季がこの部屋のドアを開けることはない。四年前から、ずっとだ。

開かないドア。開けないドア。

それは玲音の心のなかにもあって、ひっそりと影を落とす。

なかったことにされてしまった出来事が、玲音を臆病《おくびょう》にしていた。

もう諦めてしまえと何度も自分に言い聞かせているのに、慕《した》わしい感情は消えてくれなくて、思うようにならない。

だから想いを閉じ込め厳重にドアに鍵をかけた部屋を、胸の奥へと沈めた。

開け方もわからなくなって放置してしまった、秘密の部屋だった。

◇綺羅◇

繁華街の喧騒《けんそう》からほどよく離れた郊外に、緑に囲まれた広大な大学施設がある。

美しい庭園と充実した設備に恵まれた校舎は、多くの学生たちにとてもよい環境を与えている。

広い敷地の端に建つ、とある実習棟《とう》。

外階段の踊り場に用意してきた敷物を敷いて、持参した兄の手作り弁当を食べるのが西形綺羅の楽しみのひとつだった。

学食や売店が隣接する総合体育館から離れているせいもあって、ここは人気《ひとけ》が少なくて静かだ。

人目を避けた隠れ家のようでいて、手すりの向こうには開放的な見晴らしのいい景色が広がっているところも気に入っている。

「ごちそうさまでした」

兄が拵《こしら》えてくれた心尽くしの弁当を食べ終えて、行儀《ぎょうぎ》よく手を合わせて感謝の言葉を呟く。

弁当箱を包み直して鞄のなかに戻し、代わりにカバーのかかった文庫本を取り出して開いた。

次の講義が始まる十分前になったら報《しら》せるように、スマートフォンのアラームをセットしてある。

わくわくしながらしおりを挟《はさ》んだページをめくり、昨夜眠くなるまで追っていた物語の続きを読み始めた。

けれども一ページも進まないうちに、階段を駆け下りる足音が近づいてくる。

足音に心当たりがある綺羅は、文庫本に視線を落としたままため息をついた。

「綺羅さん見つけた！」

上から大声が降ってくる。

手すりから身を乗り出してこちらを見ているのは、華やかな存在感のある背の高い男。

男は残りの距離を一気に駆け下りると、肩にかけていた革製のバッグを床に投げ置き、許可もしていないのに勝手に綺羅の隣に腰を下ろした。

「昼ごはん、もう食べ終わりました？　やっぱり遅かったか……っ」

講義が長引いたせいだと、がっかりした声で嘆いているが、どうでもいいことなので聞き流す。

「ねぇ、綺羅さん」

顔を寄せられ、至近距離から呼ばれたけれど、読書がしたかったのであえて無視を決め込んだ。

そもそも彼とはなんの約束もしていないし、親しげに名前を呼ぶことも許していない。

「きーらーさん」

ついには頬を指先でつつかれて、綺羅は諦めてページから顔を上げた。

「つつくのやめて」

「あ、やっとこっちを見てくれた。綺羅さん、今日も綺麗ですね」

にこっと笑った顔が、やけにキラキラと光を放っている。

だが綺羅は笑顔に動じることもなく、この男はいったいなにを言うのだろうと思った。

「急がないと、ごはんを食べる時間がなくなるよ」

「あれ、もしかして、照れてます？」

綺羅の反応を見て嬉しそうにしている男の名は、蜂谷光佐《こうすけ》という。

映像学科の一年生で、新入生のサークル勧誘合戦の最中に出会い、綺羅に告白してきた件の男だ。

先輩命令を断りきれず受付に座っていた綺羅の前に現れて、視線が合うなり、蜂谷は言った。

『……これってなんの奇跡』

『えっ？』

そして折りたたみテーブル越しに、綺羅の手を、ぎゅっとつかむ。

『俺とつき合ってください』

『……はあっ……？』

なにが起こったのか、とっさに理解できなかった。無理もないだろう。こんなふうに面と向かって告白をされたのは初めてだったのだ。

しかも蜂谷という存在そのものが綺羅を混乱させた。

恵まれた身長。整った顔立ち。身にまとった華美な雰囲気。年下とは思えない落ち着いた佇《たたず》まい。

大勢の学生たちのなかでも特別上等な男だということは、綺羅にもわかる。

そんな蜂谷が、自分の手を強く握って離そうとしないのだ。

乞《こ》うような熱い視線を注《そそ》がれても、綺羅は唖然《あぜん》とするばかりで、けれどもなにか返事をしなければと、思考が鈍った頭で考えた。

そうしてようやく口から出たのは、当然のごとく断りの言葉だった。

『……ごめんなさい』

それなのに、蜂谷はしばらくなにか考え込むと、

『さすがに、いきなり告白するのはまずかったですね。じゃあ、お友達から始めましょう。それくらいならかまいませんよね？』

にっこりと不敵な笑みを浮かべ、勝手に決定事項にしてしまった。

それ以来、昼休みや空き時間になると、どこからともなく姿を現す。綺羅が学ぶデザイン学科と、蜂谷の映像学科は学舎《がくしゃ》も離れているのに、はかったようにタイミングよく。

約束しているわけでもないのに、当然のように綺羅の隣にいるのだ。

告白の場面に居合わせたサークルの先輩には、よく懐《なつ》かれたものだと笑われた。

だが綺羅には懐かれた理由がわからない。

綺羅は自分が後輩に慕われるようなタイプではないのを自覚していた。

面倒見がいいわけでもなければ、社交的でもない。他人を強く惹きつけるような魅力的な存在でもない。

幼いころからそうなのだ。思い返せば、同じ年頃の男の子にはからかわれたり意地悪をされたりするばかりだったたし、女の子からはなぜか距離を置かれ、幼稚園は楽しい場所ではなかった。

地味で大人しい性格だからか、ひとりで静かに過ごすほうが好きだからか。いままでに親友と呼べる特別な存在はおろか、休日に揃《そろ》って出かけるような友人もできたことがない。

孤立したいわけでもないのに、どこか遠巻きにされ、周囲から浮いていた感は否《いな》めない。

そんな人間関係を経験してきた綺羅にとって、相手の意思などおかまいなしに、親しくなろうと積極的に働きかけることのできる蜂谷は、まるで別世界に住む人間のようだった。

「あのね、蜂谷くん。きみは……」

「はい？　なんですか？」

「なんで毎日オレに会いに来るの？」

蜂谷は少し驚いたように目を見開くと、ふっと笑顔を浮かべた。

「会いたいから。綺羅さんが好きだから。一目惚れだって、言ったでしょう」

「一目惚れ……」

言葉だけは、もちろん知っている。けれどもまだ誰にも恋心を抱いたことのない綺羅には、理解できない感情だった。

どれだけ言葉をつくそうと、説明を重ねようと、経験したことがない者にはわからない。

蜂谷を突き動かす感情を知らないから、どう受け止めればいいのかもわからない。

だから綺羅は、蜂谷を無視しきれないのだ。

考え込んでいる間に、蜂谷はいつの間にか昼食を食べ終えていたらしい。

「なに読んでるんですか？」

開いたページを持ったまま、膝の上に置いていた文庫本を覗《のぞ》き込まれ、

「えっ」

急に近くなった身体に慌てたせいで、手から文庫が離れ、床に落ちた拍子にカバーがはずれた。

その文庫を蜂谷が拾い上げ、興味深そうにページをぱらぱらとめくる。

「西音玲《にしおとれい》だ。これ新刊？　うわ、俺、まだチェックしてなかった」

それは今月発売されたばかりの玲音の新刊で、人気のゲーム作品のノベライズだった。

玲音は、本名をもじった『西音玲』というペンネームを使っているのだ。

ジャンルとしては読み手を選ぶ作品が多い玲音のことを知っている蜂谷に、綺羅は驚いた。

「知ってるの？」

つい過剰に反応してしまって、蜂谷も目を丸くしていたが、かまわずにじっと目を見つめる。

「……ええ、ちょっと縁があるというか。こういうジャンルのものを読むきっかけが、西音玲の作品だったので。だから公式プロフに書かれている本は、全部持ってますよ」

蜂谷の返事は、ますます綺羅を驚かせた。

知っているだけではなく、まさか全部揃えているとは意外だった。

勝手な印象なのだが、人によってはオタクっぽいと分類される小説を好んで読むようなタイプだとは思わなかったのだ。

社交的で華やかな雰囲気から、特に夜などは、繁華街で賑《にぎ》やかに過ごすのが好きなのだろうと思っていた。

「綺羅さんは？」

「えっ？」

「好きなんですか？　西音玲」

じっと目を覗き込まれて、胸のなかがざわざわする。

「兄が……」

じつはその小説は兄が書いたものなのだと言いかけて、綺羅は口をつぐんだ。

「お兄さん？」

「兄が、こういうのが好きで、よく読んでるから」

嘘《うそ》ではない。ただ本当のことをぼかして答えたのは、個人情報を極力他人に漏《も》らさないようにと玲音に言われているからだ。

西形家のルールなのだが、特に玲音がからむことは商売柄《がら》、綺羅にも迷惑が及びかねないので、慎重に行動するようにきつく約束させられていた。

「お兄さんがいるんですね」

「……うん」

「俺はひとりっ子だからよくわからないけど、やっぱり兄弟って似るんですね」

似るという言葉に反応して、綺羅は勢いよく顔を横に振った。

「違う。兄はオレよりもずっと綺麗《きれい》な人だよ」

「いや、俺が言ったのは趣味とか好みのことなんだけど……綺羅さんより綺麗って、本当に？」

「本当だよ！　高校生のころからモデルの仕事をしていたし、いろんな伝説が残ってるし」

玲音の友人たちからおもしろおかしく聞かされた兄の武勇伝は、笑えるものもあれば、洒落《しゃれ》にならないようなものもある。

例えば玲音が高校生のころのこと。バレンタインデーには、教室わきの廊下にチョコレートを入れるための玲音専用のダンボール箱がずらりと並んでいたらしい。あまりにも大量で持ち帰れなくて、軽トラックに積んで運んだこともあった。

ちなみにその大量のチョコレートは、くれた本人の了解を得て、方々へおすそ分けされた。

また玲音がモデルのバイトを始める前に、短期間だけコンビニでアルバイトをしていたことがあるのだが、そこでの勤務を続けられなくなったきっかけは、高級マンションを買ってやるので自社に勤務しろと、しつこく迫る会社社長が現れたからだった。

どれも嘘のような本当の話だ。玲音自身はごく普通に暮らしたいと思っているのに、この手の話は絶えることがなかった。

「綺羅さんは？」

「えっ？」

「やったことない？　モデルとか」

「……まさか。やったことないよ」

とっさにそう答えてしまったが、本当はモデルのアルバイトをした経験ならあった。

あれは中学二年生の夏休みのことだ。

玲音に頼まれてゲームのコマーシャル撮影に参加したことがある。

それは兄と友人たちがチームを結成するきっかけとなった件のゲームで、広告は作品世界を実写化した内容で展開されていた。

幻想的な世界を背景に、可憐な美少女がコスプレめいた衣装で登場するそのコマーシャルは、オンエアーされるなりゲーム好きの間で話題となり、作品のヒットに大いに貢献したと言われていた。

予算の都合があるとか、他にイメージに合う人材がみつからないからだとか。いろいろと理由を並べられて、綺羅はなぜか登場するヒロインに扮《ふん》してフィルムにおさまる羽目になった。

対して主人公役は、新人モデルだという少年が抜擢《ばってき》されたが、綺羅と同じでまだ経験が浅いのに、長時間の撮影にも弱音を吐くことなく堂々と演じていた。

同じ年頃の少年に女装していることを知られるのが恥ずかしくて、綺羅は撮影以外の時間のほとんどを、同行していた玲音たちの傍《そば》で過ごしていたのを覚えている。

交わした言葉もほんの少しで、なにを話したのかは忘れてしまった。

綺羅がモデルをしたのはその一度限りなので、それ以来、少年と会うこともなかった。

「……そっか」

蜂谷が、ふと目を眇めて綺羅を見る。

深いまなざしを向けられ、なぜだか居心地が悪くなった綺羅は、どうかしたのかと首を傾げた。

「なに？」

「いや……綺羅さんは美人なのに、もったいないと思って」

「そんなの、オレなんて全然だよ」

美人とは、玲音のような人のことを言うのだ。

道を歩けば、すれ違う誰もが振り返る。その一挙手一投足に視線を奪われ、魅入《みい》られ、夢見心地にさせられる。

しかも玲音は優しくて温かくて、料理も上手で家事も得意で仕事もできて、とにかくハイスペックな存在だ。

大好きな自慢の兄。

離婚した両親の分も愛情を注いでくれた玲音に、少しでも感謝の気持ちを返したい。玲音のおかげで自分は笑顔で過ごしてこられた。だから玲音にも笑っていてほしいのだ。

そのために自分ができることを探している。

「綺羅さん。やっぱりアドレスを教えてください」

蜂谷がジャケットのポケットからスマートフォンを取り出して見せる。

出会った初日にも同じことを言われたが、綺羅は丁重に断っていた。

「おすすめの本とか、情報交換できたら楽しいと思うんだけど……まだ、ダメ？」

このところ蜂谷の顔を見ない日はないくらい、一緒の時間を過ごしている。

一方的につきまとわれているだけだが、それでも姿を見慣れたと思うくらいにはなっている。

「あまり返事とかできないかもしれないし、悪いから」

「いいですよ、綺羅さんのペースで。俺も好きに送らせてもらいますから」

難しく考えることはないのだと言われるけれど、そこまで積極的な気持ちにはなれなくて、

「……ごめん」

結局、申し出を断った。

「そうですか。でも次の楽しみにしておきます。諦めたわけじゃないですからね」

前向きな蜂谷の声に、綺羅のスマートフォンのアラームが重なる。

そろそろ次の教室に移動しなければならない。

「それじゃあ綺羅さん、また明日」

つられて頷き返すと、蜂谷はにこっと笑って先に階段を下りて行った。

玲音に関する話題が出たからだろうか。こんなに誰かと打ち解けて話せたのはめずらしいと、午後の講義に向かう途中で気がついた。

その日の夜のこと。

夕食のロールキャベツを食べていると、玲音が不思議そうな声をかけてきた。

「やけにご機嫌だな、綺羅。なにかいいことでもあったのか？」

「えっ？」

トマトソースがベースのロールキャベツは、とても優しい味わいで、夢中になって食べていた綺羅は顔を上げる。

まったくの無自覚だったのだが、玲音にはそう見えたのだろうか。

綺羅は自分の頬を左手で押さえた。

確かに今日は、ちょっとめずらしい経験をしたこともあり、どことなく気持ちが弾《はず》んでいる自覚はある。

「べつに、いいことってわけじゃないんだけど……」

「うんうん。でも、ちょっとはなにかがあったんだろう？」

話してごらんよと、綺麗な兄の顔が、ふわりと優しくなる。

玲音はいつもそうやって、内側に潜《ひそ》めた綺羅の言葉や想いを、表へ引き出そうとしてくれるのだ。

綺羅はおそるおそる今日の昼休みにあった出来事を話した。

「……蜂谷が、オレの本を？」

「うん。全部持ってるんだって。そんなタイプには見えなかったから、びっくりした。……って、偏見とかじゃなくて、静かに読書をするより、賑やかに楽しむほうが好きそうだって思ってたから」

「なるほどねぇ」

玲音も意外に思ったらしく、目を丸くしている。

けれども悪い気はしないのか、頬がほんの少し赤くなっていた。

「だからね、最初はどうしようって思ってたけど、そんなに悪いやつじゃないのかもって考え直したっていうかね」

「えっ」

「だって、れーちゃんの本を好きだって言ってくれたんだよ。もう少し話をしてみたいなあって」

蜂谷と玲音の本の話ができると思うと、なぜかとてもワクワクした気持ちになる。

「ちょっと待て、綺羅。それは……」

「あのさ、れーちゃん」

「うん？」

「西音玲が、実はオレの兄なんだって、蜂谷に教えたらダメかな？」

思いきって訊ねてみると、途端に玲音の顔から笑みが消えた。

綺羅はすぐに、自分が失敗したことを悟る。

「それは……どうかなあ」

玲音は困ったように視線を泳がせている。

聞かなくても答えを察した綺羅は、スプーンを持ったまま両手のひらを胸の前で振ってみせた。

やはりこのことは玲音にとって禁句なのだ。

「やっぱりいいや、ごめんね。れーちゃん」

「綺羅」

「いいの。ちょっと思いつきで言っただけだから、気にしないで」

「……ごめんな」

「謝ることじゃないよ。それにオレは、れーちゃんが望まないことは絶対しないからね」

「綺羅……」

それは幼いころから心に決めていることだ。

なにかを選択するとき、玲音が反対することや嫌がることは選ばない。

そのくらい綺羅にとって玲音の存在は大きかった。

玲音は、幼かった自分を親代わりに育ててくれた、たったひとりの兄だ。

世界中の誰よりも大切で、一番大好きな人。

玲音がこれまで自分に注いでくれた愛情を思えば、彼を困らせたり悲しませたりすることは、ひとつだってしたくないし、きっとできない。

それでかまわないと思っている。

「れーちゃん、明日は早く帰れそうだから、オレが夜ごはんを作るね。リクエストがあったら受けつけるから」

明るい口調でそう言って、綺羅は食事を再開する。

綺羅にとっては、新しくできそうな友達よりも、兄のほうが大切なのだった。

◇玲音◇

『蜂谷に教えたらダメかな？』

遠慮がちに告げられた質問に、玲音は頷くことがなかった。

めったに我がままを言わない弟の頼みなら、迷わず頷いてやりたいのに、そうはできなかった。

玲音の脳裏《のうり》に、四年ほど前の出来事がよみがえったからだ。

経済的な事情や所属事務所の意向で、モデルと執筆業を兼業していた玲音は、悪質なストーカーの被害にあったのだ。玲音の容姿に執着した粘着質な男にアパートを特定され、常に近くにいることをほのめかす熱烈な手紙と妄想日記を山ほど送りつけられた。

異変を察知した事務所と志季がすぐに動いてくれて、幸運なことにそう長引かせずに事態を収めることができたけれど、得体《えたい》のしれない恐怖心はいまでも玲音のなかに残っている。

だがなにより怖かったのは、想いをこじらせた男が、玲音にとって一番身近な存在である綺羅に嫉《しっ》妬《と》して標的にし始めたことだ。

自分が狙《ねら》われるのは、自業自得《じごうじとく》な面もある。生活のためとはいえ、モデルという大勢の目に触れる華やかな世界に身を置いていたからだ。

だが綺羅にはなんの落ち度もないのに。

ストーカー男は、玲音の知人から諸々《もろもろ》の情報を得たそうだ。

誰かが不用意に漏らした情報が、綺羅を傷つけるところだった。

多感な高校生だった綺羅には、当時の詳しい経緯を伝えていない。できれば今後も秘めたままにしておきたかった。

西音玲と玲音の正体を知って蜂谷がなにかすると、そこまで深く案じたわけではない。だが世の中はなにがどう転ぶかはわからないから。

また自分のせいで綺羅に害が及ぶようなことがあれば、玲音は自分を許せないだろう。

モデルをやめるきっかけとなった出来事を思うと、どうしても必要以上に用心してしまう。

そんな不安とためらいが伝わったのだろう。綺羅は敏《さと》い子だから。

『いいの。ちょっと思いつきで言っただけだから、気にしないで』

気を遣《つか》わせて、我慢をさせてしまった。

『れーちゃんが望まないことは絶対しないからね』

健気《けなげ》な言葉に胸を打たれた。

また綺羅の優しさに救われた。

食事を終えて仕事部屋に戻った玲音は、パソコンの前に座って作業を進めようとした。

けれども先ほどの綺羅とのやりとりが、どうにも心にひっかかる。

思うように仕事は進まず、気づけば明け方で、玲音は仕方なくベッドに入った。

次に目覚めたのは正午過ぎ。

昼食を作るか、コーヒーだけで済ませるか迷っているうちに、志季が訪ねて来た。

極力外出を避けたい玲音の要望で、打ち合わせは、もっぱらチームの事務所か、玲音の自宅マンションで行われる。

仕事部屋ではなくリビングに通し、志季には紅茶を、自分には濃いめのコーヒーを淹れて戻った。

志季が以前、事務所や出先ではコーヒーばかり飲んでいると言っていたので、家ではいつもコーヒー以外の飲み物を出すようにしていた。

「藤堂から預かってきた資料だ」

L字型のソファに、はす向かいに座ると、表に社名のロゴが印刷された封筒をさし出される。

ぶ厚いそれのなかには、A4サイズのコピー用紙をクリップで束ねたものがいくつか入っており、どれも表紙に社外秘のマークが入っていた。

玲音がさっそく目を通し始めたそれは、新たに依頼されたという仕事の資料だった。

今年のクリスマス商戦に間に合うように開発が進められている、ファンタジー系のゲームに関するもので、玲音はゲームと同時に販売される予定のドラマCDのシナリオを依頼されている。

この作品は、特に物語に力を入れていると聞いていたが、確かに世界観や設定が深く細やかに練《ね》られていて、素直に魅力的だという印象を持った。

「なあ、志季」

「なんだ？」

「これだけ詳細な資料が揃ってるってことは、この仕事は正式に受注済みなのか？」

訊ねると、志季が持っていた資料から目を上げた。

「そう聞いているが。なんなら契約書を確認するか？」

いつもならば志季に丸投げしているので、ここへは持参していないのだと言う。

「……藤堂のヤツ」

玲音は形の整った眉を不機嫌にひそめた。

「ただでさえスケジュールが詰まってるってのに、ごり押ししやがって」

「それはそうだが、でも『玲音はきっとやりたがるだろうから』って言ってたぞ」

確かに、事前に打診された時点で興味を惹かれていた仕事だった。

だから藤堂は依頼を受けたのだろう。それを察したゆえのごり押しであり、この状況なのだ。

見抜かれているのもなんだか悔《くや》しかった。

基本的にチームの初代組は、特に玲音以外のふたりは、やりたい仕事だけを受けるし、それが許される立場にある。それだけの実績を積み重ねてきたからだ。

「藤堂に、承知した。でも今度会ったらしめるって言っといて」

「たまには声を聞かせてやれば？」

「嫌だ。もったいない」

つい子供っぽく言い返すと、志季に笑われた。

「まあでも、受けてくれてよかった。俺も、この仕事はおまえのプラスになると思うからな。確かにスケジュールはきついが、調整する」

「頼んだ」

ヒットした作品がドラマＣＤやアニメになるのはよくある話だが、発売前からメディアミックス化が決定しているあたり、メーカーはよほどこの作品に力を入れているのだろう。

それだけにプレッシャーも感じるが、やりがいも大きい。

志季とともに資料にひととおり目を通したあと、今後の進行を大まかに決める。

打ち合わせがひと段落したところで、志季が思い出したように言った。

「そう言えば、今月発売された文庫だが、重版が決まったぞ。今朝連絡があった。よかったな」

「へえ、そうなのか。うん、嬉しい」

頑張って書き上げた作品が、よい結果になるのは素直に喜ばしい。

綺羅も楽しそうに読んでくれていた。

瞳を輝かせてページをめくる綺羅の姿を思い浮かべ、微笑《ほほえ》ましい気分になったのもつかの間、つられて昨夜の会話がよみがえって、玲音は表情を曇らせた。

自分の本が蜂谷のことを見直すきっかけになったのだから皮肉なものだ。しかも綺羅に気を遣わせることにもなった。

やはりあのとき、頷いてやればよかったのだろうか。

考えても悩みは晴れず、知らぬ間にため息をこぼしていた。すると、

「どうした、ため息なんかついて」

いつの間にか資料を束ねて片づけていた志季に気づかれる。

「えっ、あ……べつに」

「ごまかしてもわかるぞ。なにかあったんだろう」

常に傍にいてくれる男は、玲音の些細な変化も見逃さない。

まるで内面を見透かそうとするみたいに、瞳を細めている。

隠れる場所もないソファの上で、玲音は居心地の悪さに身を竦《すく》めた。

「なにかってほどでもないよ」

「なにもないのに、おまえはため息をつくのか」

「だからそれは……」

こんなときの志季は、鋭くて容赦がないから嫌だ。

いつも玲音に対して穏やかな態度を崩さないくせに、時々手に負えなくなるなんてありだろうか。

「本当にたいしたことじゃないから」

「玲音」

めったに呼ばれない下の名前なうえに、その響きには抗《あらが》いにくい強い意志が込められている。

響きは鼓膜を震わせて肌へと伝わり、身体中に広がっていく気がした。

「……っ」

無意識に耳を手のひらで塞《ふさ》いでしまうほど、簡単に玲音は狼狽《ろうばい》してしまう。

「俺にまで意地を張ることはないだろう」

やんわりと促す志季は、逃げを許さずに玲音の心を懐柔《かいじゅう》していった。

「意地なんか張ってない。綺羅のことだから、本人の許可もなしに話していいか迷っただけだ」

「それなら、なおさら聞きたい。綺羅くんのことなら、おまえにとって一大事だろう」

「志季……」

おそらく地球上で誰より自分たち兄弟のことを知っているのが志季だ。

このままとぼけても無駄だとわかっているので、玲音は綺羅と蜂谷の出会いから、昨日までのことを打ち明けた。

たまに頷くだけで黙っていた志季は、経緯を聞き終えると、微妙に眉をひそめた。

「……それはまた、面倒なことに」

「そうだろう、いきなり告白して、毎日おしかけてくるような男だぞ。心配にもなるだろう」

「だが綺羅くんは、そんなに悪いやつではなさそうだと言ってるんだろう？ それとなく見守るくらいで大丈夫なんじゃないか？」

自分と比べて危機感が薄い志季の反応に、玲音は苛立《いらだ》ちを感じた。

「そんな呑気《のんき》なことを。悪いやつじゃないって綺羅に思わせることこそが、あいつの目的だって可能性もあるんだぞ」

つい最近までは、困った様子でため息をついていたのに、ずいぶんと警戒が緩んでいる。

それも蜂谷の計算でないとは言いきれない。

見極めようにも、自分は綺羅の目から見た蜂谷しか知らないのだ。

「大学に忍び込んで、直接本人を見ておくべきか……？」

半《なか》ば本気で考えていると、志季がわざとらしいため息をこぼした。

「賛成できんな。それに、おまえはもう少し弟のことを信じてやれ」

「信じてるよ。でも……それとこれとは話が別だ」

「玲音」

「あーもうっ、言わなくていい。わかってるから。オレが過保護だってことも、心配性が過ぎるってことも本当のことだ。おまえの言うことが正しい。ちゃんとわかってるよ」

綺羅はもう自分で考えて行動できるということも。

誕生日がくれば成人する弟に対する態度ではないということも。

「でも、綺羅はたったひとりの家族なんだ。弟を守るのは、兄であるオレの役目だろうが」

無事に大学を卒業し、社会人となり、似合いの可愛らしい伴侶《はんりょ》を紹介されるその日まで。

ともに人生を歩く相手にすべて託して、ようやく綺羅を手放すことができる。

頑《かたく》なにそう言うと、

「……そうだな」

志季はため息をつきながら束ねた資料を封筒に戻した。

志季に目を逸らされただけで、じわじわと指先から孤独が広がっていく気がする。

それだけのことが、なんだかたまらなくなって、玲音はまるで引きとめるような声で言った。

「呆れてるだろ」

「西形？」

「おかしなやつだって、呆れてるんだろう」

志季の前では意識して隠していた気持ちが、ほんの少しこぼれてしまう。

「それでもオレは……っ」

「西形」

テーブルの向こうからのびてきた手のひらに、頭を何度も撫《な》でられた。

「呆れてやないさ。おまえが弟を想う気持ちはわかっているつもりだ」

まるで子供にするような優しいしぐさだが、嫌ではなかった。

こうして志季に触られたのは、どれくらいぶりだろう。

「蜂谷って男のことは確かに気がかりだな。だが、これからどうするか見極めるのは綺羅くんで、彼にとっての勉強なんだと思うぞ」

「……志季」

「しっかりしろよ、お兄ちゃん。ここはほんの少しの我慢だ」

「……わかった」

玲音は小さく頷いた。

志季は自分を見放しはしなかった。自分の想いを頭から否定されなくて、受け入れてもらえてよかったと、ほっと息をつく。

志季に、大丈夫だと言ってほしかったのかもしれない。安心したかったのかもしれない。

志季は玲音に安心を与えてくれる、数少ない人のうちのひとりだから。

玲音は人間不信の気があるのを自覚もしている。

ためらいなく心を開けるのは、チームのメンバーの一部と綺羅だけだ。

もちろん初めからそうだったわけではない。

その原因となった人物の姿を思い出すと、吐き気にも似た不快な気分が込み上げてくる。

始まりはどこにでもよくある話だ。両親が離婚し、まだ中学生だった玲音と、幼稚園に通っていた綺羅の親権を得たのが母親だった。

だが母親と兄弟が三人で暮らしたのは、ほんの二年ほどの間で、母親の再婚を機会に親子は別居することになった。生活が落ち着いたら迎えに行くという約束で祖母の元に預けられたはずなのに、すぐに母親からの連絡は途絶えてしまった。

そういう人なのだと諦めたのはそのころだ。

祖母にはとても感謝している。早くに亡くなった祖父が遺《のこ》したものと、ささやかな不動産収入があるだけの暮らしなのに、いきなり押しつけられた孫の世話をして、玲音を大学まで通わせてくれた。

よく手入れされた庭が美しい、平屋の一軒家での、穏やかで温かな暮らし。

そんな日常が崩れたのは、祖母の入院がきっかけだった。

病室で数年ぶりに顔を合わせた母親は、見舞いに来たのかと思いきや、祖母が遺すだろう財産に対する権利を主張し、一方的に決めた実家への引っ越しを告げてきた。

相変わらずの自分本位な態度に嫌悪すら感じた玲音は、親子の縁を切るのを条件に、母親の提案を概《おおむ》ね了承した。

それで今後一切かかわらずに済むのなら、痛くもなんともない。

祖母との思い出のある家を離れるのは辛かったが、仕方がなかった。

高校時代から続けていたモデルのアルバイトで、それなりの蓄《たくわ》えはある。そのアルバイトは、母親のことを諦めて自立する道を模索していたときに、同じクラスにいた藤堂に紹介されて始めたものだった。

世話になっていた所属事務所の社長の助けを借りて、小さなアパートに移り住んだのは、玲音が成人したばかりの大学二年生。綺羅は小学六年生だった。

学業と育児とアルバイトと、目が回りそうなほど忙しい毎日だったが、玲音にとっては綺羅と暮らせる喜びのほうが大きく、なにも苦ではなかった。

兄として当然のことをしてきただけだ。

大切な弟は全力で守る。

なにも蜂谷に限ったことではなく、それが玲音の行動の原点なのだ。

◇綺羅◇

季節は移り、梅雨の訪れとともに雨が続いている。

こうも湿気が多くては、さすがに外階段で寛《くつろ》ぐこともできなくて、綺羅は学食を利用していた。

食堂の他にカフェも併設《へいせつ》している広いホールは、いつも以上に集まった学生たちで賑やかだ。

なんとか確保したテーブルで弁当をおいしく食べ終えた綺羅は、いつものように鞄から文庫本を取り出すと、午後の講義までの時間を楽しむことにした。

開いたページに視線を落とし、物語に集中していると、すぐ近くで驚いたような声がした。

「あれっ、西形。今日はひとりなのか」

名前を呼ばれたので顔を上げると、コンビニのビニール袋を手に提《さ》げた男が立っている。

「先輩」

綺羅をサークルに勧誘し、なおかつ今年の受付の席に座らせた先輩だった。朗《ほが》らかな性格で人当たりがいいのだが、やたらと押しが強くて、どうにも逆らいきれない雰囲気を持っている。

「めずらしいな。蜂谷は一緒じゃないのか？」

そんなに驚かれるほど、蜂谷と一緒にいる姿が浸透しているのだろうか。

綺羅は複雑な気分で、返事を待っているらしい先輩に向かって口を開きかけた。けれども……。

「いますよ、ここに」

答えは先輩の背後から現れた男から返された。

先輩はうしろを振り返ると、おもしろがるような声をあげる。

「なんだ、やっぱり一緒だったのか」

「当然です」

勝ち誇ったような顔をした蜂谷は、本日のAランチのトレイを手にしていた。

蜂谷が綺羅の向かいの席へ腰を下ろすと、先輩が思い出したように言った。

「ちょうどよかった。蜂谷、次のサークルの定例会な、いつもの集会室が取れなくて場所が変更になったから。詳細はサイトの掲示板をチェックしておいてくれ」

「了解です」

「西形も、たまには顔を出せよな」

「……はい。すみません」

「いいって。じゃあ、またなー」

先輩は言いたいことだけ言うと、連れがいるテーブルへと行ってしまった。

まるで台風が通り過ぎたあとのような心地のまま、綺羅はとりあえず読書の続きに戻る。

ランチのメインの豚肉の生姜焼き《しょうが》に箸《はし》をのばしていた蜂谷が、なにげなく問いかけてきた。

「そういや綺羅さんは、サークルの集まりにほとんど来たことがないですね」

「……うん」

食事に集中しているようでいて、蜂谷は綺羅の言葉を待っている。

綺羅は仕方なく本のページから顔を上げた。

「それでもいいって言われたから入ったんだ」

「勧誘のときに？」

「そう」

去年の春。勧誘されたときに、家庭の事情で熱心に参加できそうもないと断ったら先輩に言われたのだ。そのような部員は他にもいるから平気だと。

ゲーム研究会には個性的な人間が揃っている。現会長が自由な気風のせいか、自然とサークルの雰囲気も同じで堅苦しくない。だからゲームが好きなら歓迎すると言われた。

綺羅にとっては都合のいい話だった。

綺羅が高校時代に帰宅部で終えたことを、玲音がとても気にしていたからだ。家のことにばかり捕らわれないで、大学生でいる間こそ青春を謳歌《おうか》してほしいと願っているのを知っていた。

本音は文化系であればどのサークルでもかまわなかった。

帰宅してサークルに入ったことを伝えたら、玲音がとても喜んでくれたので、その点では先輩の強引さに感謝していると言えた。

「せっかく入ったのに、サークルにはあまり興味がない？」

だから参加しないのかと問われる。

「そんなことない。ゲームは好きだよ。家でもよくやってるし」

過去に熱心にやり込んだタイトルをいくつか挙げると、蜂谷も覚えがあるらしく頷いている。

ゲームを好きになったのは玲音の影響だった。

玲音がよく遊んでいたうえに、仕事でかかわったソフトがいろいろと手に入る環境になって、ますます身近なものになった。

「でもやっぱり、家のことが優先だから」

掃除も炊事も洗濯も、やっと玲音の役に立てるようになったのだ。

「そっか……」

蜂谷は納得したように頷いて、トレイの上にあったコップを手に取った。

「そういや綺羅さん、この前に俺がおすすめした小説はどうでした？」

「ああ……」

思い出して、綺羅はバッグから一冊の文庫本を取り出すと、蜂谷にさし出した。

「はい、ありがとう。おもしろくて、昨夜一気読みしちゃった」

蜂谷が貸してくれたそれは初めて読む作家のものだったが、聞いていたとおりに話が小気味よく展開してとてもおもしろかった。

「気に入ってくれてよかった。じゃあ残りのシリーズもまとめて貸しますね。明日なんだけど、講義が終わったらどこかで待ち合わせしませんか？」

「終わったあとに？」

「ええ。じつは俺、明日は午前中からバイトで、昼休みに会えそうにないんです。だから……」

「ごめん、オレ、明日の午後は休講になったんだ」

「えっ、休講ですか」

「だから帰りも早いんだ」

蜂谷はやたらと綺羅の予定に詳しいので、てっきり知っているものだと思っていた。

「それじゃあ、続きを渡せるのは来週ってことになるのか。うーん……あっ！」

困ったように首を傾げていた蜂谷が、いいことを思いついたように笑った。

「こうしましょう。バイトが終わったら連絡するので、綺羅さんは最寄《もよ》りの駅まで来てください」

「えっ？」

「蜂谷配達便がお届けに上がりますよ」

蜂谷はバイトのあとに本を届けに来てくれると言った。

「そんなの、わざわざ悪いよ。荷物にもなるし」

なにより午後の講義をさぼることになるのではないだろうか。

「文庫の十冊くらい、たいした量じゃないですし、たまにはサボリもいいです。その代わりと言ってはなんですが、本を渡しがてらお茶につき合ってください」

「お茶？」

「そう、一杯だけ。それに綺羅さん、本当は続きを早く読みたいでしょう？」

それは図星だった。確かに続編の展開はとても気になるところだ。

昨夜も読み終わったのが深夜でなければ、財布の中身に余裕があれば、続編を求めて本屋へ走りたい気分だった。

どうしたものかと綺羅は迷う。

家までおしかけると言われたなら、きっと迷わずに固辞《こじ》していただろう。

それほど親しいとは言えない気もするし、きっと玲音もいい顔をしないからだ。

けれども待ち合わせ場所は最寄りの駅で、向かいのビルには、気軽にお茶が飲める綺羅の好きなコーヒーストアもある。

明日、蜂谷と待ち合わせて大学の外で会う。

昼休みや空き時間に一方的におしかけられるのではなく、自分の意思で約束をして。

「どうします、綺羅さん？」

いままでにない展開への気後《きおく》れと、週末に楽しみな本を思う存分読める期待と。

迷っていた気持ちは、本が読める誘惑のほうに傾いた。

「じゃあ……お願いしようかな」

「了解。じゃあ番号を教えてください」

蜂谷は嬉しそうな顔をして、ポケットから取り出したスマートフォンを揺らしてみせる。

「そっか、連絡を貰《もら》うのにいるもんね」

綺羅も自分のをバッグから取り出し、慣れないしぐさで蜂谷とアドレスを交換する。

ほんの少し迷って、綺羅は蜂谷の名前を友人のカテゴリに登録した。


翌日の午後。講義を終えて帰宅していた綺羅は、蜂谷からのメールを受け取ると、指定どおりに駅前のコーヒーストアへ向かった。

綺羅の住むマンションから最寄りの駅までは、徒歩で十分たらずの距離だ。

世界的コーヒーチェーン店として有名なその店は、平日の午後という時間帯のせいか、ひとりで来ている客も多く、ほどよい混み具合だった。

玲音も好きで、おつかいを頼まれてよく立ち寄る馴染《なじ》みのある店だ。

メールには、先に店に入って飲みながら待っていてほしいと書かれていたので、綺羅は迷わずにレジに向かった。

期間限定のドリンクが目についてしばし迷う。

結局シンプルなラテを注文し、レジの横で受け取ると、店内の奥にあるカウンター席に座る。

時間を確かめようとスマートフォンを取り出すと、蜂谷から再びメールが届いていることに気がついた。

約束の時間より少し遅れそうとのことで、コーヒーを飲みながら待っていると短い返事をする。

「……なにか持ってくればよかったなあ」

すぐに合流できるだろうと思っていたので、パーカーのポケットに財布と携帯電話を入れただけで来てしまった。

壁面いっぱいのガラス窓の向こうは、いつの間にか陽が翳《かげ》り、空は厚い雲に覆われている。

コーヒーを飲みつつ、どこか手持ち無沙汰《ぶさた》な気分で外の景色を眺めていると、いきなり大粒の雨が勢いよく落ちてきた。

「えっ、雨……」

降り始めた雨は、スコールのような激しさで周囲を濡らし、あっという間に街の色を変えていく。

店内のあちこちからも、驚いたり戸惑ったりする声が聞こえてきた。

午前中はよく晴れていたので、カサを持ってきていない。

通り雨ならいいのにと、ガラス越しに空を見上げれば、遠くまで暗い色の雲に覆われている。

すぐにはやみそうもないと、憂鬱《ゆううつ》な気分で眺めていると、ガラスの向こうに人影が止まった。

雨宿りに立ち止まったのかと思えば人影はこちらを向いていて、

「あっ！」

よく見ると蜂谷だった。しかも雨に降られたらしく、薄手の半袖Tシャツは濡れそぼり、なぜか脱いだジャケットを胸に抱えている。

「なに？」

蜂谷がなにか言っているが、声は聞こえない。しぐさを見ていると、どうやら店の入り口へ回るように合図をしていた。

急いで席を立って店を突っきると、入り口の軒下《のきした》で落ち合う。

「綺羅さん、お待たせしました」

近くで見ると、蜂谷は髪から滴《しずく》が落ちるほど濡れていた。

「うわっ、びしょ濡れじゃないか」

駅の改札口はすぐそこなのに、どうしてそんなに濡れているのだろう。

問いかける前に答えが返ってきた。

「バイト先の知人に近くまで送ってもらったんですが、まさか車を降りた途端に雨になるとは思わなくて。綺羅さん、カサは？」

「持ってない。オレも、降ると思ってなかったから」

「じゃあそこのコンビニで買いますか。これはこのまま持って帰って」

渡されたジャケットを受け取ると想像よりも重く、ナイロン製のトートバッグを包んでいるのだとわかった。胸に抱えていたのは、本が入ったバッグを雨から保護していたのだ。

「残念だけど、お茶はまたの機会に」

「えっ？」

「このザマじゃあ、ゆっくり話もできそうにないですからね」

蜂谷は本当に残念そうな顔をしていた。

雨に濡れたのは予報がはずれた天候のせいだが、本を届けに来てくれたせいでもあるので、なんとなく罪悪感が湧《わ》いてくる。

それにこの有様《ありさま》では、電車にもタクシーにも乗り辛いだろう。

「家に来る？」

気づけば声に出していた。

自分でもどうしてそんな気持ちになったのかはわからない。でもこんな蜂谷を残して、ひとりだけカサをさして帰れそうもない。

「いいんですか？」

「すぐ近くだから、家に寄って、服を乾かそう。そんなにびしょ濡れじゃ、電車にも乗れないだろ」

「……綺羅さん！」

蜂谷は丸くした目を何度も瞬かせていたが、ふわりと嬉しそうに表情をほころばせる。

「じゃあ、お言葉に甘えて」

「うん。カサ買ってくるから、ここで待ってて」

「俺が行ってきます。綺羅さんまで濡れることはないですよ」

どうせ濡れついでだからと、蜂谷はビニール傘を二本買うためにコンビニへと走った。

「とりあえずタオル。バスルームはこっち」

「いえ、床が濡れるからここで」

大理石を模《も》した石畳の玄関フロアに佇んだままの蜂谷に、未使用のバスタオルを手渡す。

「じゃあ服はこれに入れて」

パウダールームから持ってきた脱衣カゴを置いて、預かっていたジャケットを入れる。

さらりとした手触りが涼しげで心地いいジャケットと揃いのパンツは、けっこうよい品なのではないだろうか。

「これ、乾燥機にかけて大丈夫かな」

「ざっと乾《かわ》けばいいです。あらためてクリーニングに出しますから」

「そう？　あっ、代わりの服がいるね。ちょっと待ってて」

綺羅は玄関の左脇にある玲音の部屋へと向かった。自分の服ではサイズが合わないので、玲音のものを借りるしかない。

クローゼットの中で適当なものを見繕《みつくろ》いながら、ふと思う。

「シャワーも勧めたほうがいいのかな」

それとも初めて家へ招待した相手なのに、なれなれしすぎるだろうか。

季節柄、風邪をひく心配はそれほどないだろうが、やはり湯を使って温まってもらったほうがいいのだろうか。

一般常識は人並みに身につけているつもりだが、人間関係の経験値が圧倒的に少ないので、どうすれば的確で正解なのか、うまく判断できない。

悩みながらTシャツとスウェットのパンツを持って戻ると、蜂谷は脱いだ靴下とTシャツをカゴに入れたところだった。

「お待たせ……っ」

間接照明が照らす明るい廊下で、裸の上半身が恥ずかしげもなく堂々と晒されていて、綺羅の歩みが鈍る。

兄と同じくインドアな綺羅が他人のあらわな姿を見る機会などほとんどなくて、いまさらながら目の前の状況に動揺した。

蜂谷が長身でスタイルもいいのは知っていたが、こうして見ると、健康的な色の肌はなめらかでハリがあり、また腰回りはすっきりと引き締まっているのに、腕や胸には綺麗な筋肉がついている。

日頃から鍛えている身体だと、感心するとともに、同じ男でありながら見惚《みほ》れてしまう。

綺麗だと思うのは玲音も同じだが、タイプがまったく違っていた。

モデルをやめた現在でも見事な体型を維持している玲音は、スレンダーでしなやかな、中性的な美しさだ。

対する蜂谷は、男らしいという表現がふさわしい、しなやかな強靭《きょうじん》さを感じさせた。

「綺羅さん」

「えっ、あっ、はい」

「こんな有様でなんですが、ご家族がいらっしゃるなら、あとでご挨拶《あいさつ》させてください」

「挨拶？　兄は仕事でいないから、気遣いはいらないよ」

玲音はめずらしく外出している。

昨夜聞いた話では、事務所で打ち合わせのあと、夜は仕事がらみの食事会の予定らしい。藤堂にどうしても出席するよう厳命されたのだと、憂鬱そうに呟いていた。

「お留守ですか。残念」

蜂谷はそう言うが、蜂谷のことを快く思っていない玲音がいたら、たぶん和やかな挨拶という流れにはならなかっただろう。

ふたりがギスギスした雰囲気で言葉を交わす場面を想像した綺羅は、玲音が留守でよかったと胸を撫で下ろした。

バスタオルは首にかけたままの蜂谷が、パンツのベルトをはずしたところで、綺羅は想像から我に返った。

「ちょっと待って、乾かしてる間は、これを着ていて」

持っていた着替えを、慌てて蜂谷にさし出す。

なぜか蜂谷がおもしろがるような顔で手をのばした、そのとき。

カギが開く音がして、玄関のドアが外から開かれた。

「ただいま」

どこか気だるげに俯《うつむ》きながら入ってきたその姿に、綺羅と蜂谷、ふたりの視線が集中する。

夕食も外で済ませる予定だと聞いていた玲音が、なぜか帰ってきたのだ。

「……れーちゃん」

「うん？」

顔を上げた玲音も、綺羅と蜂谷に気づくなり、玄関に足を踏み入れた姿勢でかたまる。そして訝《いぶか》しげな表情で、あからさまに眉をひそめた。

「……誰だ、おまえ」

いつもは優しい兄の、めったに聞くことのない、地を這《は》うような低い声。

ふたりの鉢合わせに、綺羅の心臓が竦みあがる。

「れーちゃん、あのね……」

この成り行きに動揺してうまく言葉が出ないでいると、蜂谷が玲音に向き直った。

「突然お邪魔してすみません。綺羅さんの大学の後輩の、蜂谷光佐といいます」

はきはきとした口調にさわやかな笑顔。蜂谷の挨拶は、礼儀正しい青年そのものだった。

上半身はバスタオルを羽織っただけの裸だが。

「蜂谷……？」

玲音の瞳が剣呑《けんのん》に細められるのを見て、綺羅は慌てた。

「あのね、れーちゃん、本を借りる約束で、駅で待ち合わせしてたらね、さっきの雨に降られちゃって。濡れたままじゃ電車にも乗れないから、とりあえず連れてきたんだよ」

偶然の成り行きで他意はない。困っている知人を助けただけだと説明する。

「……そういや、すごい雨だったな」

「うん。れーちゃんこそ大丈夫だった？　それに、今夜はごはんを食べてくるんじゃなかった？」

「それなりの店らしいから、着替えに戻ったんだ」

「そっか」

会話はしていても、どこか上滑りな気がする。

質問には答えてくれるけれど、蜂谷の存在を完璧《かんぺき》に無視している玲音と、そんな玲音の反応を冷や冷やしながら窺《うかが》っている自分。

　蜂谷はそんな兄弟の様子を不思議そうに見ていた。

　自分の部屋に戻った玲音が次に出てきたときには、細身のラインがスタイルのよさを際立たせるダークグレイのスーツに、落ち着いた柄のネクタイを締めていた。

「下に車を待たせてるから、もう行く」

「れーちゃん！」

　なぜか引きとめなくてはいけない気がして、とっさに後ろ姿に呼びかける。

「なに？」

「……あのっ、帰りは何時ごろになる？」

「そのときの状況によるから、わからないな。待ってないで先に寝ろ」

「わかった。いってらっしゃい」

　玲音の返事は頷くだけで、綺羅は玲音の背中がドアの向こうへ消えるのを見送った。

　なにも悪いことはしていないはずなのに、なぜか罪悪感が湧いてくる。

「……綺羅さん」

　どのくらいの間、そのまま立ち竦んでいたのか。

　気遣うように声をかけられ、蜂谷を放置していることを思い出した綺羅は、さすがに申し訳ない気持ちになった。

「ごめんね、無愛想な兄で。すごく人見知りする人だから驚いたみたい」

素っ気なかった態度を謝ると、蜂谷はなんでもないように首を横に振った。

「いいえ、いきなり家へおしかけたのは俺のほうだから、謝らないでください。俺はなにも気にしてません。だから綺羅さんも気にしないで」

綺羅のほうが年上なのに、逆に気遣われてしまった。それに綺羅には、もうひとつ気になることがある。

「……それだけ？」

「えっ？」

「無愛想な兄さんと会って、それだけ？」

「……はい。あの、他になにか？」

蜂谷に真顔で問い返されて、綺羅は驚いた。

例えば下校途中の帰り道や、三者面談の順番を待つ学校の廊下。買い物途中のスーパーや、食事に行った店で。綺羅を通じて玲音と出会った同級生や知人は、口を揃えて言ったのだ。

『すごく綺麗なお兄さんだね！』

『紹介してほしい』

『また会わせて』

『兄弟でも、あまり似てないんだね』

『今度、家に遊びに行ってもいいかな』

『メアドとか教えてもらえないかな』

そういった気持ちはよくわかる。玲音はそれだけ魅力的な存在だから。

だが玲音がその言葉に頷くことはなく、綺羅も兄の人見知りと多忙さを理由に、周囲の望みをやんわりと断り続けてきた。幼いころからずっとだ。

それなのに蜂谷は、玲音について特になにも言わなかった。

こんなことは初めてだ。

「弟のオレが言うのもなんだけど、うちの兄、すごく綺麗だったでしょう?」

「ええ、そうですね」

水を向けてみると頷くけれど、それ以上に蜂谷がなにか言う気配はない。

「それだけ?」

「そうですね、綺麗な人は見ていて楽しいけど、でも俺は綺羅さんがいいです」

「……っ!」

真っ直ぐで飾らない言葉が胸を貫く。

兄よりもおまえがいいと言われたのも初めてで、綺羅は自分の頬がじわじわと熱くなっていくのを自覚する。

「綺羅さん？」

「いいから、早く着替えちゃって。服が乾くまでコーヒーでも飲んでいるといいよ」

渡し損ねていた着替えを蜂谷に押しつけると、綺羅は早足でキッチンへ駆け込んだ。


いつもよりも丁寧に淹れたコーヒーを、少し迷ってソファセットのテーブルに置いた。

自室に招く度胸はないし、それほど親密でもないからだ。

「コーヒー、どうぞ」

「いただきます」

蜂谷が手に取った、めったに使われない客用のマグカップから、ゆらりと温かそうな湯気が立ちのぼった。

開け放した廊下側のドアの向こうから、微かに洗濯乾燥機の作動音が聞こえてくる。そのくらい静かだった。

雨は勢いが和らいだものの、まだ降り続いている。

大きなソファの真ん中あたりに蜂谷。コーナーのはす向かいに綺羅が座り、ふたりして熱いコーヒーをすすった。

「おいしい」

「えっ？」

「コーヒー、とてもおいしいです」

「あ……ありがとう」

コーヒーは玲音が拘《こだわ》る数少ない嗜好品のひとつで、自宅勤務ということもあって、常に数種類の豆をストックしているのだ。そんな兄のために綺羅はコーヒーをおいしく淹れられるように腕を磨《みが》いていた。それが役に立ってよかったと思う。

玲音のことはまだ心にひっかかっているけれど、いつまでも兄弟のことで蜂谷に気を遣わせるわけにはいかない。

「あの、ごめん。オレ、あまり友人を家に招《まね》いたことがなくて。だからこんなときにどんな話をしたらいいのかわからないんだ」

対人関係の未熟さを正直に告白しても、蜂谷はバカにしたりしなかった。

「いつもどおりですよ、綺羅さん」

「えっ？」

「大学の昼休みや空き時間にふたりで過ごすような、そんな感じでいいじゃないですか」

「……それでいいの？」

「はい。俺相手に、なにも気負わなくて大丈夫ですよ」

「えっと、じゃあ最近読んだ本の話とか、ゲームの話とか、そんなこと？」

「そうそう、そんなこと」

気負うなと言われ、気持ちが楽になった綺羅は、自分の言葉からあることを思いついた。

「そういえば、前に話してたやつだけど、ちょうどいいから持って帰りなよ。返すのは遅くなってもいいから」

蜂谷が購入を迷っていたゲームがあるのだが、偶然にも綺羅が持っていたので貸す約束をしていたのだ。バイトが忙しいらしい蜂谷の都合で、なかなか渡せずにいたのだが、綺羅はもうクリアしているものなので、返却が遅くなってもべつに困らない。

「それじゃあ、時間もあるし、ちょっとだけ一緒にやりませんか？」

蜂谷がちらりと視線を向けた先には、テレビにつないだゲーム機がある。

誰かを家に呼んで一緒にゲームをするなんて、普通の友達同士みたいだと、綺羅の胸は不覚にもわくわくした。

「そうだね」

綺羅は立ち上がると、テレビを置いている壁面のチェストの扉を開けた。

「こっちもおもしろそうって言ってたやつだけど、一緒に持って帰る？」

背を揃えてずらりと並んだゲームのなかから目当てのものを抜き取り、振り返って問いかける。

興味を惹かれたのか、やってきて一緒に扉のなかを覗いた蜂谷は、並んだ枚数の多さに感嘆のため息を漏らした。

「うわっ、すごいですね」

綺羅が買ったものもあるが、大半は玲音が仕事でかかわったり、伝手《つて》で貰ったりしたものだ。中古品販売店を利用することもないので増える一方だった。

少年に戻ったような顔で瞳を輝かせていた蜂谷が、ふと一枚を抜き出して手に取る。

それは綺羅にとって一番思い入れのある作品だった。

玲音が初めて手がけ、綺羅がＣＭのヒロインとして広告に参加した、思い出深いもの。

女装したのは恥ずかしかったけれど、玲音の役に立てたことがなにより嬉しかった。

「それ、蜂谷も知ってるんだ」

「もちろん。俺にとっても、これは特別な作品ですから」

「特別？」

どういう意味だろうと首を傾げた綺羅に、蜂谷が思いがけない事実を告げた。

「ええ。これのコマーシャルで、俺、主人公役をやったんですよ」

そう言うと、蜂谷はパッケージに描かれているキャラクターのひとりを指さしながら、意味深な笑みを浮かべた。

「お互い、まだ中学生だったな。ねぇ、アリア」

「……っ!?」

いきなりヒロインの名前を呼んだ蜂谷は、まっすぐに綺羅を見下ろしていた。

見上げる綺羅も、まさかという驚きで蜂谷から目が逸らせない。

「夏休みの、とにかくすごく暑い日で。なのに俺は、ぶ厚い鎧《よろい》みたいな衣装を着せられて。冷房が効いたスタジオだったのに、顔に汗が出ないように、とにかく必死でした」

主人公と言ったが、まさか本当なのだろうか。

「でもアリアは、とても涼しげで清らかで。本当にゲームの世界から出てきたんじゃないかと思うくらいに可憐でした」

当時中学生だった綺羅は、いまよりもっと小柄だった。ファンタジー風の衣装はうまい具合に体型を隠してくれたし、かつらやメイクですっかり別人になれた。

ご近所の住人や学校の誰にも気づかれない仕上がりにするからと、玲音が固く約束してくれたから承知した仕事だったのだ。

一緒に撮影をした主人公役の少年は、モデルになりたての新人だと聞いていた。素人《しろうと》の綺羅と同じくらいに経験が浅いにもかかわらず、堂々と主人公を演じる姿は凜々《りり》しくて。

同じ男なのに、女装しているわが身と比べると居たたまれなくて、ろくに話もしなかった。

でもずっと、記憶の片隅には残っていた。

出会いは、サークル勧誘のときが最初ではなかったのか。

「知ってたの？　アリアの中身が、本当は男だって」

「聞いたのは撮影のあとですが。男だったなら、もっと気軽に話しかけてみればよかったと、すごく後悔しました。また別の仕事で会えないかと期待して、いろいろな現場に出向いたけれど、全然会えなくて。必死に情報を集めていたら、彼は正式なモデルではなく、ゲーム制作チームの関係者だったとわかり、同業者ならいつかは再会できるはずだという望みを断たれました」

「それは……」

再会できなかったのも無理はない。モデルをしたのはあの一回きりで、その後は地味な学生に戻っていたからだ。

「でもね、会いたい気持ちはずっと変わらなかった」

「……どうして？」

たった一度、一緒に仕事をしただけなのに、どうしてそこまで追い続けてくれたのだろう。

その答えは、至極《しごく》簡単にもたらされた。

「言ったでしょう、一目惚れだって」

「それは、サークル勧誘のときの話じゃ……」

そうではないと、蜂谷はゆっくりと首を横に振った。

「正直、もう諦めようと何度も思いました。それなのに、誰とつき合ってもあなたが俺の胸から消えることはなくて。それが奇跡的に再会できたから、もうその場で告白せずにはいられませんでした」

「ずっと……？」

「はい。もう六年越しの片思いです」

真実を告白されて、綺羅は混乱した。けれども胸に広がる感情に、嫌なものは混じっていない。

誰かがずっと自分のことを想っていてくれた。

物語のなかだけではなく、そんなことが本当にあるのだと知って、胸のなかがざわざわと騒いでたまらなくなる。

そして素直に嬉しいという気持ちが湧きおこってくる。

「オレがアリアだって気づいてたのに、なんで言わなかったの？　そうすれば……」

「綺羅さんに自分で思い出してほしかったんです」

それでもヒントは出していたつもりなのだという。

ゲームのシナリオを担当した西音玲の名前を出してみたり、モデルの経験はないのかとわかりやすい話を振ってみたり。

「でも綺羅さん鈍いから。我慢できなくて言っちゃいました」

鈍いという発言には納得がいかないが、気づかなかったのでなにも言えない。

「でも一目惚れしたのはアリアをやってたオレなんだよね？　本当のオレは男で、全然違うのに」

「確かにアリアの姿をしてましたが、でもね、綺羅さん」

蜂谷は言葉を区切ると、さりげなく綺羅の腰に腕を回した。

「俺はね、あなたのキラキラした瞳に胸を射抜《いぬ》かれたんです」

主人公の気持ちそのままに、この子となら世界の果てまで行けそうな気がしたのだという。

「あのときと全然変わってないから、一目見てわかった。綺羅さん本来の姿と再会して、また心を奪われて、変わらない気持ちが自分のなかにあるのを思い知った」

抱き寄せる腕のせいで、顔の距離がぐっと近くなって綺羅は動揺する。

「ちょっと……蜂谷っ、近いよ……っ」

「綺羅さん、好きです。だから綺羅さんも俺のことを好きになって。そして……」

言葉の続きを聞きたいのかどうなのか、自分でもわからなかったけれど、気づけば綺羅は先を促していた。

「そして？」

「一緒に幸せになりましょう」

蜂谷の唇がどんどん近づいてきて、どうすればいいのかわからなくなった綺羅は、ぎゅっと目を閉じた。

いつの間にか両方の腕で背中を抱きしめられ、その腕のなかで目を閉じたまま身を縮こまらせていると、くすっと小さく噴き出すような笑い声が聞こえてくる。そして、

「返事は？　綺羅さん」

額に下りてきた蜂谷のキスに、綺羅の心臓は壊れそうだった。

◇玲音◇

藤堂に強制的に出席させられた食事会は、会場に到着してみれば、ホテルの宴会場で華々しく催された立食パーティだった。

どうりでスーツに着替える必要があったはずだと、すぐに帰りたくなっていた玲音は、つき添いで同行していたチームの事務員に背中を押されて会場に入る。

春先に発売されたゲーム作品のヒットという喜ばしい結果に、集う関係者も会場も和やかなムードに包まれていた。

シナリオライターのひとりとして作品に携わった玲音は、苦手ながらも人前に立ってスピーチを述べる。内心では一刻も早く終わらせたいと思いつつ、どうにかそつなくこなせたのは、ひとえに社会人としての意地だった。

世話になった関係者に挨拶をして回るうちに、玲音の容姿に惹かれた女性スタッフに取り囲まれたが、同行の事務員の機転でなんとか解放され、玲音はとにかく目立たないように注意を払いつつ会場をあとにした。

帰路《きろ》はひとりだ。いつもならば志季が迎えに来るのだが、別件の仕事で遅くまで拘束されるために迎えは無理だと聞いていた。

タクシーに乗り込んだ途端に、ずっと張っていた気が緩む。

やはり人ごみは苦手だ。早く自宅に帰って寛ぎたいと車のシートに背中を預けたところで綺羅の顔が浮かぶ。同時に着替えに戻ったときの出来事を思い出して、苦い気分になった。

綺羅から聞いていた蜂谷という男の存在。実際に目にすると、真面目でしっかりとした青年といった印象だった。

雨に濡れて困っていたから家に上げたというのも嘘ではないだろう。もちろん玲音にもそれくらいのことはわかっている。けれども、考えるだけでどうにも胸がつまる。

知らずため息をつきながら、玲音は窓の外を流れる景色へと目を向けた。

覚悟していたよりも早い時間に会場を出てきたので、綺羅はまだ起きているだろう。

こんな落ちた気分のまま顔を合わせるのは気が重くて、玲音はタクシーの運転手に行き先の変更を頼んだ。

しばらく車に揺られて到着したのは、とあるマンションの一室。

ドアを開けた男は、玲音を見るなり驚いた顔をした。

「西形か。どうした？」

「ひさしぶり、藤堂」

玲音が所属するチームの代表で、高校時代からつき合いのある藤堂だ。

ラフな服装を見るに、とっくに寛いでいたのだろう。いつもは丁寧に撫で上げている前髪も、水気を含んで額にかかっている。

「今晩泊めて」

「連絡もなしにやってきて、いきなりだな」

藤堂はわずかに眉をひそめたが、

「まあ、入れ」

それでも玲音を部屋のなかへ迎え入れてくれた。

「めずらしいな。ここへ来るなんて」

確かに長いつき合いのなかでも、この家を訪ねたのは数えるほどしかない。

仕事仲間としては密度の濃い関係で、私的なこともかなり把握《はあく》されている。

親友とも呼べる関係かもしれないが、そのわりに藤堂は必要以上にこちらに干渉してこないし、踏み込んでこない。同じように踏み込ませてくれない男だ。

玲音が籠もりがちなせいもあって、ふたりの間は適度な距離が保たれていた。

多忙なくせに綺麗に整頓《せいとん》されたリビングに通され、玲音はソファではなくフローリングに敷かれたラグに直接座る。

「そういえば、今日はパーティだったな。飲んだか？」

「それどころじゃなかった」

アルコールどころか料理にも手をつけていないと首を横に振ると、冷蔵庫から取り出した缶ビールをさし出される。

ソファに座った藤堂が、つけたままだったテレビの音量を下げると、部屋のなかが静かになった。

「それで、なにかあったのか？」

会場でなにか起こったのか。嫌なことでも言われたのかと問われる。

「パーティは、特になにも。ちゃんと挨拶してきたよ」

「じゃあ、志季のことか？」

「……どうして志季が出てくる」

「おまえの世話係はあいつだろうが。志季に言えないことだから、わざわざ俺のところに来たんじゃないのか」

確かになにかあれば頼るのは志季で、公私ともに世話になっているから世話係というのも間違いではない。

「べつに……志季のことじゃないけど」

「そうか。まあ、いいからとっとと話せ」

明日も早いのだと言われると、迷惑をかけたことを謝って帰りたくなるが、そもそもこのまま帰れるくらいなら、一方的におしかけたりしていない。

玲音は軽くビールをあおった。

「……話してもいいか？」

「まあ、メンバーのケアも俺の仕事のうちだからな」

そんなふうに言いながらも、意外と身内には優しい男だと知っている。

玲音はこの春に起きた綺羅と蜂谷の出会いから、夕方の出来事までをなるべく短くまとめながら話した。

「……べつに、ふたりの関係を疑ってるわけじゃないんだけどね」

半裸の男といる光景は衝撃的だったが、綺羅の説明は嘘ではないと信じている。すでにふたりは深い関係で、ずっと欺《あざむ》かれていたなどとは疑っていない。あれが事後だったかどうかは、綺羅の様子を見れば察しがつく。

ショックだったのは、いつの間にかふたりの距離が近づいていたことだ。

綺羅の世界には、兄である自分しかいないと思っていた。これからもずっとそれが続くと思っていたのに、綺羅は蜂谷を通じて新しい世界へ踏み出していきそうな気がして。

こんなこと、綺羅にはとても言えない。

それどころか綺羅になにか決定的なことを言われるのではないかと不安を感じている。

「なんだか綺羅と顔を合わせるのも、話を聞くのも気が重くて……」

「なるほど。その結果の帰宅拒否か」

黙って聞いていた藤堂は、いつの間にか二本目のビールを開けていた。

「それで、弟の件はともかく、それを志季ではなく俺に言いに来たってこと、自己分析できるか？」

「それは……」

誰よりも自分にとって身近な存在だと自覚のある志季ではなく、あえて藤堂を訪ねた理由。

玲音は自分の胸に手を当てて考えてみた。

「……志季は、たぶんまだ仕事中だから」

「その答えだと三十点くらいか。もっと素直になってみる必要があるな」

そう言うと藤堂はソファを離れ、戻ってきたときにはワインのボトルを手にしていた。

つまみのチーズやナッツも次々とテーブルに並ぶ。どうやら飲めということらしい。

「藤堂」

「まあ、たまにはいいだろう」

自宅ではほとんどアルコールを飲まない玲音だが、酒は嫌いではない。

玲音は勧められるままにワインを口にした。フルーティな香りとのど越しの滑《なめ》らかさが心地よくて、ついついグラスを重ねてしまう。

ほどよく回ったアルコールは、次第に玲音の心を柔らかく解《ほど》いていった。気づけばすでにボトルの半分があいている。

「藤堂、おまえ、ちょっと飲みすぎ。明日も早いんだろう」

「俺のことはいいよ。それで、どうしてだかわかったか？」

訊ねられて、玲音はグラスを空けた。

「んーっ。……わからない。でも……あんまり綺羅と蜂谷のことに拘《こだわ》ってると、今度こそ呆れられるんじゃないかと思う。それは……嫌だな」

志季は、玲音が綺羅に拘ってしまう感情を誰よりも理解してくれている。それを疑うわけではないが、心のどこかでは、弟離れできない自分をふがいなく感じているのではないかという不安も捨てきれずにいた。

空になったグラスを向こうに追いやって、力が抜けるままにテーブルに突っ伏す。

冷たいガラスが心地よくて、熱くなっていた頬を押しつけた。

「どうして嫌なんだろうな」

「だって、志季には嫌われたくない」

酔いのせいか、普段は隠している志季への想いが、素直に口からこぼれる。

「そうか。嫌われたくないか」

「そうだよ。いまでも好きだもん」

口に出して、あらためて自覚する。本当は、もうずっと長いこと志季に片思いをしている。でも志季のほうにそんな気持ちはなくて、悟《さと》られないように必死に隠してきた。

ガラステーブルにひっついていると、大きな手に髪を優しく撫でられ、玲音はくすぐったさに目を閉じる。

そして藤堂もソファを下りてラグに座り直す気配がした。

「おまえたち、なんで別れたんだ」

「……なんでもなにも、最初からつきあってすらなかったよ？」

「それなのに、寝たのか？」

遠慮なく訊かれて、痛くも甘い記憶が呼び起こされる。

いつもは胸の奥深くへと沈め、厳重な秘密の箱のなかにしまってある、あの日の思い出。

「……一度だけだよ。あのときは、本当にいろいろなことが辛くて、どうしようもなくて、志季にすがりついてないといられなかった」

当時の玲音は、藤堂たちとチームを立ち上げても、すぐにはモデル業をやめられず、しばらくは執筆業と兼任していた。単純に収入のこともあるし、所属していたモデル事務所の社長にはいろいろと世話になったという義理もある。

そんな玲音を一部のマスコミがおもしろおかしく祭り上げたのだ。

『人気ゲームのシナリオライターは美形モデル』

『リア充男が兼ね備えたもうひとつの才能は、オタク系創作だった』

若くして脚光を浴びた玲音への妬みもあったのだろう。

興味本位の報道に、玲音はずいぶんと苦しめられた。

真剣に取り組んではいたものの、生活費のために始めたモデル業だ。華やかな世界で生きることを望んだわけでも、野望を持って飛び込んだわけでもない。

ただ綺羅が進学や習い事を望んだときに、金銭面で諦めることだけはさせたくなかった。

他と比べて条件のいいバイトを選んだら、モデル業にたどり着いただけなのだ。

露出が多い分、悪く言われるのは仕方がないと諦めもついたが、なにより辛かったのは、玲音のせいでゲーム作品まで色眼鏡で見られたことだった。

誰を信じていいかわからず、心が疲弊《ひへい》し足元から崩れそうになっても、家のなかでは平気なふりをしていなければならない。綺羅に心配をかけるわけにはいかない。

ひとりで苦しんでいた玲音を支えてくれたのが志季だった。

一時だけでも楽にしてほしいとすがりついた玲音の望みを、志季は叶《かな》えてくれた。

結果的に、あの夜のことはなかったことにされたけれど、玲音の胸にはあの記憶がいまでもくっきりと残っている。

「わからないな。おまえたちはどうしてそう焦れったいんだか。俺にはもっと簡単なことのように思えるんだが」

閉じていたまぶたを開くと、思いのほか近くにいた藤堂が渋い表情で目を据《す》わらせていた。

「簡単なこと？」

「素直に想いを告げる。そして相手の想いを確認する。簡単なことだろう。誰でもやっていることだ」

「それは……」

告白して玉砕して、不毛な片思いにケリをつけようと思ったことなど数えきれない。

けれども思うだけで行動に移せなかったのは、怖いからだ。

あの夜のように、またなかったことにされたら、告白を軽く流されてしまったら、今度こそ立ち直れない。

「オレにとっては簡単じゃないよ」

「西形」

「オレが告白したせいで気まずくなったらどうするの。そんなの嫌だよ」

いまの関係を維持するためなら、我慢するほうを選ぶ。

長年の友人であり、仕事の担当者として支えてもらえるほうがよほどいい。

「気まずくなるとは限らないし、このまま変わらないでいるのも無理な話だろうが。綺羅くんだって自分の世界を広げようとしてるんだぞ」

「……っ」

藤堂の言うとおりだ。時間の流れとともに、人も関係も変わっていく。綺羅もいつかは心を通わせる相手を見つけて、自分の元から去っていく。

わかっていたことだが、それがこんなに早いとは覚悟ができていなかった。

蜂谷との出会いが綺羅を変えたのだろう。もう綺羅は自分だけの可愛い弟ではなくなった。

きっと自分も変わらなければならない時期がきているのだろう。けれど……。

「わかってる。でも……志季だけはダメだ。オレはあいつを失いたくない」

酔いの力を借りて、辛い心情を吐露《とろ》する。

「西形、おまえはもっと……」

藤堂がなにか言ってくれたが、言葉は理解するには至らず、玲音はテーブルに突っ伏したまま眠りに落ちていった。

そうして目覚めた翌朝。

すでに出勤するための身支度を整えていた藤堂が、微塵《みじん》も酒の気配を感じさせない、できる男の顔をして言った。

「新しい仕事を受けておいた」

「えっ？」

「文句は受けつけないからな」

そう言った藤堂は、いつになくいい笑顔だった。


久しぶりに酔ったせいか、なにを話したのか途中からさっぱり覚えていないという、藤堂宅での一夜から数日が過ぎた。

めずらしいことにあれから、藤堂から何度かメールが届いていた。

最初は二日酔いを心配する内容で、最新のものは、業務連絡を兼ねた近況報告。

藤堂なりの優しさなのか、チーム代表としての気遣いなのかはわからないが、玲音の複雑な気持ちを少し軽くしてくれたことだけは確かだった。

綺羅との間で、雨の日の鉢合わせが話題にのぼったことはない。なんとなく互いに避けたまま、表面上は穏やかに過ごしている。

結局、志季にもこの件は話さないままだった。

綺羅は相変わらず大学の講義と家事に勤《いそ》しみ、玲音も忙しく仕事をこなして、いまは不本意ながら自室で旅支度を整えていた。

「出張？」

いつものように家事の手伝いを申し出てくれた綺羅が、戸口に立ったまま首を傾げる。

「ああ。とあるイベントがあって、藤堂がどうしてもオレにも登壇《とうだん》しろって」

まったく気が進まないけれど、これも仕事のうちだから仕方がない。

逃げるわけにもいかなくて、玲音はベッドの上に並べた二泊三日分の荷物をバッグに詰め込んだ。

「週末なのに、ひとりで留守番させて悪いな」

「なに言ってるの、仕事でしょ。れーちゃんこそ大丈夫？」

玲音は人ごみが苦手だが、乗り物での移動も得意ではない。

モデルをやめてすでに数年がたつというのに、玲音の正体に気づいた女性からいまだに声をかけられることがあるのだ。

街中であればうまくかわして逃げることもできるが、狭い列車のなかではそうもいかない。

極力目立たないように地味に大人しくしているつもりなのだが、マスクや帽子や伊達《だて》眼鏡くらいでは、どうにもごまかしきれないらしい。

芸能人でもないのに過剰な変装は自意識過剰な気がして居たたまれず、旅先でも気が抜けないのは玲音の悩みのひとつでもあった。

「まあ、志季も一緒だし、大丈夫だろ。マネージャーとしてこき使ってやるよ」

「志季さんも一緒なんだ」

ぽつりと呟いた綺羅の声と表情に、いつもと違うものを感じる。

「うん？」

「ううん、べつに。なんでもない」

「綺羅？」

「イベント、頑張って来てね！」

「……行きたくない」

綺羅の様子がなんとなくおかしい気がしたけれど、イベントという単語に気を取られ、気が進まないと頭を抱えているうちに忘れてしまった。

◇綺羅◇

とうとう週末がやってきて、玲音は不満げな顔をしたまま、迎えに来た志季と一緒に午前中の早い便で旅立った。

残された綺羅は掃除と洗濯を済ませ、スーパーで食材を購入すると、最寄りの駅へと向かった。

コーヒーショップの前に立って待つこと数分。

「綺羅さん！」

改札口を抜けた蜂谷が、綺羅を見つけて駆け寄ってきた。

「蜂谷」

「お待たせしました」

「そんなに待ってないよ」

「今日はすごく楽しみにしてたんです。これはお土産《みやげ》」

さし出されたのは、スイーツ店の可愛らしいロゴマークが印刷された白い箱だ。

綺羅が受け取るのと入れ替わりに、食材が詰まった重いスーパーのレジ袋をさりげなく持っていかれた。

「他に買うものはありますか？」

「特にないよ」

「それじゃあ、行きましょうか」

明るい声で促され、頷いた綺羅は、蜂谷の隣に並んで歩き出す。

綺羅は本日、蜂谷をマンションに招いていた。

本を届けてくれたお礼に学食のランチを奢《おご》ると提案したら、簡単なものでかまわないから手料理が食べたいとねだられたのだ。

悩んだ綺羅は、蜂谷を自宅に招いて昼食をふるまうことにした。

玲音が出張で留守にするので、都合がよかったという事情もある。

マンションに戻ると、さっそくパスタとサラダを作ってふるまった。

綺羅としては作り慣れていて得意なメニューを選んだのだが、蜂谷の反応はなかなかに好評で、ひとりでにニヤけてくる顔を元に戻すのに苦労した。

ささやかなランチを食べ終えると、コーヒーを淹れてテレビの前へ移動し、並んでソファに座って映画のＤＶＤを鑑賞する。

蜂谷がおもしろかったと薦めてくれたミステリーが映像化されたもので、本筋を知っていても充分に驚かされる演出が巧《たく》みで、ラストまであっという間だった。

A5判 偶数月9日発売♥
リンクス
SEXY & STYLISH BOY'S LOVE MAGAZINE LYNX
2013 JULY
7
特別定価780円
(本体価格743円)
発行／幻冬舎コミックス
発売／幻冬舎
好評発売中!!
表紙／斑目ヒロ
特集
ケダモノ
～狙った獲物は逃がさない～
朝霞月子
「月神の愛でる花」スペシャルショート小説♥
Comic
Opening Color!!「お金がないっ」
香坂透 × STORY.篠崎一夜
斑目ヒロ
SHOOWA
琥狗ハヤテ
宝井さき × STORY.桐嶋リッカ
日羽フミコ
霧壬ゆうや
上川きち
梅松町江
日高あすま
中田アキラ
倉橋蝶子
長谷川綾 牛込トラジ
じゃのめ ひなこ
Novel
待望の新連載!!
大ボリュームの一挙二話掲載！
谷崎泉 × CUT.麻生海
桐嶋リッカ × CUT.カゼキショウ
神楽日夏 × CUT.青井秋

LYNX ROMANCE

LYNX ROMANCE リンクスロマンス Novels

◎一部のイラストと内容は関係ありません。 新書判 定価:855円+税
発売／幻冬舎 発行／幻冬舎コミックス

2013年6月末日発売予定

悪魔伯爵と黒猫執事

妃川螢 ill.古澤エノ

悪魔に執事として仕える黒猫族であるイヴリンは、とある悪魔伯爵に仕えている。しかし、その主人・アルヴィン伯爵は、おちこぼれ貴族でとってもヘタレている…。イヴリンは今日もご主人様のお世話にあけくれているのだが、そんなある日、アルヴィンはとある蛇蜥蜴族の青年を拾ってきて…。巻末には描き下ろしショート漫画も収録♥

狼だけどいいですか?

葵居ゆゆ ill.青井秋

訪日した人狼のアルフレッドは、親を亡くし七匹の犬と一緒に暮らす奈々斗と出会う。奈々斗は、貧しいながらも健気に暮らすお人好しだった。行くあてのなかったアルフレッドは、奈々斗に誘われ、しばらく一緒に住むことになるが、賑やかな暮らしが心地いい一方、いつか別れがくることを思うと、次第に複雑な気持ちになり…。

お兄さんの悩みごと

真先ゆみ ill.三尾じゅん太

超絶美形なのに中身は至ってフツーな玲音は、親が離婚しそれぞれ別の家庭を持って以来、唯一の家族である弟の綺羅を溺愛していた。そんなある日、玲音は弟にアプローチしてきている蜂谷という男の存在を知る。なんとかして二人を引き離そうとする玲音だが、その様子を見た仕事仲間の志季に「いい加減弟離れして、俺を見ろ」と告白されてしまい!?

リンクスフェア inアニメイト2013
アニメイト限定の新書&コミックス合同フェアを今年も開催!
フェア期間中に対象書籍を1冊お買い上げごとに、人気作品の
番外編を掲載したSMカード をいずれか1枚プレゼント♪
特典ラインナップはこちら!
S 小説 カード
朝霞月子 ILL.千川夏味「月神の愛でる花」
きたざわ尋子 ILL.高宮東「秘匿の花」
六青みつみ ILL.葛西リカコ「奪還の代償~約束の絆~」
霧壬ゆうや「ラブ☆ホロスコープ」
香坂透 原作/篠崎一夜「お金がないっ」
十峰くうや「ロストチャイルド」
M 漫画 カード
SMカードとは…
表 美麗カラーイラスト
裏 書き下ろしショート小説(S)or漫画(M)
ここでしか読めない、
人気作の書き下ろし番外編を掲載!!
開催店舗
全国のアニメイト各店
対象書籍
リンクス7月号
2013年5月刊までのリンクスロマンス
リンクスコレクション
開催期間
2013年
6月21日(金)~7月21日(日)
フェア詳細は公式HP、
またはリンクス7月号にてチェック!
【公式HP】http://www.gentosha-comics.net/

「おもしろかった！」

「続編の映画化も決定したから、劇場にかかったら、ぜひ一緒に観に行きましょうね」

まだ公開日すら決まっていないのに、ずいぶん先の約束をさりげなく渡される。

ごく自然な雰囲気で、当たり前のように。

なんだかくすぐったい気持ちになって、綺羅は慌ててソファから立ち上がった。

「ＤＶＤも観たし、お土産のスイーツを食べようか」

冷蔵庫から取り出した箱の中身はフルーツタルトだった。

カットされたつやつやの果物《くだもの》がタルト生地とカスタードクリームの上を埋め尽くすように飾られていて、とてもおいしそうだ。

「手伝いましょうか？」

「それじゃあ、コーヒーを淹れ直すから、タルトを切り分けてくれる？」

用意していたナイフとケーキ皿を蜂谷に渡し、コーヒーメーカーをセットしていると、ダイニングテーブルの隅に置いてある時計が目に入った。

この時間だと、玲音はステージに立っているころだろうか。

他の出演者に混じってトークするそうだが、しっかりやれているだろうか。

遠い場所で奮闘《ふんとう》しているだろう兄を案じつつ、でも、それも取り越し苦労だなと思い直した。

玲音はあれでいて、その気になれば場にふさわしい態度を取れるのだ。

必要とあれば意識や気分のスイッチを切り替えて、求められた役割を果たす。心配することなどなにもないのだ。

「綺羅さん」

「……うん？」

「タルトの用意ができましたよ」

「えっ、あ、ごめん。ぼーっとしてた」

コーヒーメーカーに豆をセットしたあと、いつの間にかぼんやりしていたらしい。呼びかけられて慌てて我に返った。

「時間が気になる？」

「え？」

「綺羅さん、今日はやけに時計を気にしてるから」

「そうかな」

自覚はなかったが、蜂谷が言うならそうなのかもしれない。

「他に予定があるとか？」

探るようなまなざしに、綺羅は胸の前で手を振った。

「違うよ、予定なんてない。ただ今日は、れーちゃ……兄が出張中で」

「綺羅さんのお兄さんって、作家さんですよね。出張って、取材旅行とかですか？」

「あれ？　れーちゃんが作家だって、オレ、教えたかな」

不思議に思っていると、蜂谷はさらに驚くべきことを言った。

「作家でシナリオライターの西音玲さんですよね」

「……っ」

驚きのあまり、綺羅はしばらく言葉を失った。

なぜなら、西音玲がモデルのレオンだということはマスコミに流れたので知る人も多いが、モデルのレオンの本名が西形玲音だということは、ごく限られた人間しか知らないはずで、玲音と西音玲を結びつける線はないからだ。

「なんで……知ってるの？」

「あのゲームのシナリオライターが、アリア役の子のお兄さんだって聞いてましたし、それに撮影のときに挨拶させてもらってますから。兄弟揃って、俺のことを覚えてなかったみたいだけど」

「それは……おまえが全然変わってるから、仕方ないだろっ」

言い訳かもしれないが、当時の蜂谷はもっと背が低くて、成長期の少年だった。しかも衣装をつけてメイクもして、印象がまったく違うのだから、無理もないだろう。

けれども蜂谷に玲音のことを隠さないでいいとわかった瞬間、綺羅はどこかほっとしていた。

「出張ってことは、もしかして綺羅さん、今夜はひとりなんですか？」

「そうだけど」

「それじゃあ、このまま泊まろうかな」

「蜂谷!?」

それはさすがに玲音に悪い気がした。もちろんやましいことがあるわけではないが、隠しごとをするようでいたたまれない。

なんとか断る理由を探していると、

「だって綺羅さん、寂《さみ》しいって顔してる」

まっすぐに見つめられて、鼓動が速まった。

「そんなこと……」

「ありますよ。ぎゅっと抱きしめたくなるような顔してます」

そうなんだろうか。確かに玲音が家を空けることは少ないから、慣れていないのだと思う。

でもそれより気になっているのは、玲音の出張に志季も同行しているということだった。

コーヒーメーカーを操作する手を止めて、綺羅は途方に暮れた。

「綺羅さん、お兄さんの出張って、どれくらい？」

「二泊三日」

「じゃあ、週明けには帰って来るんですね」

「帰って来るかな……」

無意識に言葉がぽつりとこぼれて、蜂谷が困ったように眉を寄せた。

「なんだかちょっと弱気になってるね」

蜂谷は綺羅の肩を抱いてダイニングテーブルのイスに座らせ、自分も隣に腰を下ろす。

「その理由を、よかったら話してみませんか」

「うん……」

なぜか蜂谷になら言ってもいい気がして、綺羅はおずおずと口を開いた。

「兄の個人的なことでもあるから、簡単に話せるようなことじゃないんだけど」

「秘密は厳守します」

ずっと胸に抱えて、誰にも話したことのない気持ちを語った。

「オレが寂しいと思ってしまったのは、兄が出張でいないからってだけじゃなくて、きっと……志季さんのことがあるからだと思う」

「志季さん？」

「兄の仕事仲間で、個人的にも一番親しい人」

弱気になっている原因。それは玲音の出張に同行している志季のせいだった。

「いつからなのかわからないけど、志季さんはオレから兄を奪っていくんじゃないかと、苦手意識を持ってた」

ずいぶん昔に一度だけ、志季に会いに行った玲音が、連絡もなしに一晩中帰ってこなかったことがある。翌朝には戻ってきたし、酔い潰れて帰りそびれたのだと平謝りされたが、兄には自分以外の世界があるのだと意識した最初の出来事だった。

「オレね、本当にれーちゃんのことが好きなんだよね」

まだ学生の若さで幼い弟を育ててきた芯の強さと優しさ。

好きな仕事で結果を出している、その才能。

たぶん玲音が弟に執着しているのと同じくらいに、綺羅も兄に執着している。

「だから志季さんにれーちゃんを奪《と》られるのは嫌だし、ずっと兄弟ふたりで仲良く暮らしていきたかった。でも……ほんの少し、れーちゃんの傍にいるのが辛いと思ったこともあった」

本当に心から大好きなのに、同時に感じていたのは、兄とはまったく違う自分への劣等感。

玲音のようになりたいと憧れながら、自分と比べてしまって落ち込んだ。

「でも俺は、綺羅さんが、綺羅さんだから好きですよ」

「……蜂谷？」

「俺にとっての一番は綺羅さんですから」

「……なんでそんなこと……」

「綺羅さんの瞳はいつもキラキラで、特に好きな本を読んでいるときとか、おいしいお弁当を食べているときは、もっと嬉しそうに輝いていて、とても素敵です。あと少し高めの優しい声とか、徹夜をしてもいつもすべすべの頬とか。ミステリーを読み解く思考の鋭さと柔軟さもすごいし、料理上手だし、笑顔も可憐だし、それから……」

「……って、蜂谷っ、ちょっと待って」

「それから、綺羅さんにとっては不審者《ふしん》も同然だった俺のことを、なんだかんだ言っても傍に置いてくれた。そういうお人好しなところもツボです」

そんな綺羅が好きだと、こんなに魅力的なのだと並べ立てられる。

「だから綺羅さんが本当に苦しいなら、俺がいつでもこの部屋からさらってあげます。俺が新しい居場所をあげる」

「……新しい居場所？」

この部屋を、玲音とふたりで暮らすこのマンションを出て、新しい居場所を作る。

そんなことは考えたこともなかった。

「そしていずれは、俺自身がなりたいと思ってます。綺羅さんの居場所に」

物理的にも精神的にも、綺羅にとっての居場所になりたいと蜂谷は言った。

「綺羅さんが疲れを癒《いや》せる場所。喜びを増やせる場所。楽に呼吸ができる場所。真っ先に帰りたいと思う場所。俺は綺羅さんにとってそんな存在になりたい」

しっかりとした決意がこもった蜂谷の声が、綺羅の心に溶けていく。

「……っ」

すごいことを言われたのだと感じて、綺羅はテーブルに突っ伏した。

痛いほど伝わってきた蜂谷の本気が嬉しくて、そのくせ恥ずかしくなったからだ。

「綺羅さん？」

自分はそんなふうに言ってもらえるような人間ではないのに、兄とふたりきりの部屋に閉じこもっていた、視野の狭い小さな人間なのに。

それでも蜂谷からさし出された手を取ってみたいという気持ちが強くなっていく。

新しい可能性という名の扉を開いてくれた蜂谷に、心が傾いていくのを感じる。

本当に、こんな自分でもいいのだろうか。

悩みながら少しだけ顔を上げてみると、蜂谷の瞳は穏やかで、やさしく包み込んでくれるような安心感があった。

綺羅は突っ伏していた身体を起こして、椅子に座ったまま、蜂谷のほうへ向きを変える。

正面から向かい合おうとしている気持ちが伝わればいいと思いながら言ってみた。

「正直な気持ちを言ってもいいかな」

おずおずと確かめると、

「もちろん。むしろ綺羅さんの本音が知りたいです」

蜂谷は期待通りに頷いてくれる。

覚悟を決めた綺羅は、ダイニングテーブルの上に置いている手を無意識に握りしめていた。

「居場所になりたいって言ってくれて、嬉しかった。そんなこと誰にも言われたことがなかったし、おかげで気が楽になったところもある。蜂谷の気持ちを受け入れたいと思った。でも……それが蜂谷と同じ気持ちなのかは、わからないんだ。もしも、これからおつき合いを始めたとして、蜂谷がオレにいろいろとしてくれるように、オレもしてあげられるかどうかも自信がない。求められることを返せるかも……自分のことなのに、できると言いきれないんだ」

すでに成人している身でありながら、まるで思春期の少女のような言い草だと、綺羅は別の意味でますます恥ずかしくなった。

「……ごめん。なんだか期待はずれなこと言ってるよね」

「そんなことないですよ」

がっかりされることも覚悟していたのに、蜂谷はなぜか、嬉しそうに口元を緩めていた。

「なんで笑ってるの？」

「嬉しいからに決まってるでしょう。綺羅さんはいま、俺の気持ちを受け入れてもいいって言ったんですよ」

「それは……っ」

そのとおりなのだが、あらためて当人の口から聞くと、恥ずかしさで胸と頭がいっぱいになって、綺羅は勢いよく椅子から立ち上がった。そのまま身をひるがえして逃げ出そうとしたけれど、素早く動いた蜂谷に捕まってしまう。

「綺羅さん」

「あのっ、でも、蜂谷を好きになったかって聞かれると、人としては好きだけど、恋とか、そんな気持ちなのかは自信がなくて、それで……」

「わかってる。ちゃんとわかってますから、慌てないで大丈夫。前にも言いましたよね、綺羅さんはそのままでいいって。そのままで、ゆっくりでかまわないから、俺に歩み寄って来てください。そしていつか、これは恋なんだと思う瞬間が訪れたら教えてください」

そっと胸に抱き寄せられて、綺羅は抵抗せずに力を抜く。

「そのときは容赦しませんので」

「うん……って、ええっ!?」

不穏《ふおん》な言葉が聞こえて、胸に寄せていた顔を慌ててあげると、やさしかった蜂谷の微笑《ほほえ》みが、少しだけ悪い男のように変わっている。

そのわりには手のひらが頬にやさしく触れてきて、蜂谷の体温に包まれた。

「綺羅さん、俺の恋人になってください」

もう何度目になるかわからない告白に、こんな気持ちになる日が来るなんて、ずっと信じられなかったと思いながら。

「……はい。よろしくお願いします」

綺羅はこくりと頷いた。返事をしたら、胸の鼓動が耳にも聞こえそうなほどうるさくなり始めて、いたたまれなくなって蜂谷から目を逸らす。

そんな綺羅を、蜂谷は熱のこもった眼差《まなざ》しで見降ろしていたが……。

「ゆっくりでいいって言ったけど、でも今日だけは許してください」

「えっ？」

どういう意味だと首を傾げたときには、唇に柔らかいものが触れていた。

キスされていると意識した途端に胸が高鳴って、体温がかあっと上がる。

アップになった恋人のまつげがとても長いのがよく見えて、慌てて目を閉じた。

どうすればいいかわからなくて身体を固くしているうちに、名残惜しげに何度も啄《ついば》んでいた唇が離れていく。

　間近から瞳を覗き込まれ、声も出せずに見つめ返していると、

「嫌だった?」

　問いかけた蜂谷の眉が、心配そうに下がる。

　綺羅はいつの間にかつかんでいた蜂谷のシャツを、しわになりそうなほど強く握りしめながら、何度も首を横に振った。

◇玲音◇

苦手意識を堪《こら》えてステージに立った玲音は、期待された役割をしっかりと果たしたおかげでひどく疲弊していた。

宿泊先のホテルはツインの部屋が手配されていて、志季と同じ部屋で過ごすのかと落ち着かない気分を感じつつ、けれども疲れには抗えずにベッドに寝転がっている。

志季はコンビニへ行くと言って出かけたままだ。

目を閉じていたらいつの間にか眠っていたらしく、鳴り出した携帯電話の着信音に起こされた。

「……誰？」

サイドテーブルに置いていたそれを手に取って確認すると、藤堂からの電話だ。

「もしもし」

寝転んだまま耳に当てると、いつものように気安い調子の声が返ってきた。

『お疲れ。イベントの首尾はどうだ』

「頑張ったよ、めいっぱい」

『そうか。明日もその調子で、しっかり営業してこい』

おまえが笑顔を振りまけば本の売り上げがのびると、励《はげ》ましにしても微妙なことを言われてげんなりした。

「あー明日もかあ……」

二日間公演なので明日もステージに立たなくてはならないのだ。考えるだけで気が重い。

「すごく帰りたくなってきた」

『べつに心配はしてないぞ。おまえはやればできるやつだからな』

「褒められてるのかな」

少し複雑な気持ちが、つい口をついてしまう。

『そう受け取っておけ。まあ、お疲れ様の意味も込めて、明日のイベント後もゆっくりできるように連泊にしてやったんだから、志季と観光でもして羽をのばしてこい』

「それはありがたいけど、でもなんでツインの部屋？」

『なにか問題でも？』

「なんというか……すごく居たたまれないんですけど」

『……なにをいまさら』

「藤堂！」

藤堂に鼻で笑われた。見えなくてもわかる。きっととても呆れた顔をしているだろう。

『志季には経費削減だと言ってある。まあ、チャンスにするかどうかはおまえ次第だな』

「……なにそのプレッシャー」

『いつまでぬるま湯みたいな関係で満足してんだってことだ』

「なに、べつにどうにかするつもりはないからね」

『はいはい』

「藤堂！」

『はいはいわかったよ』

藤堂とは、こんなふうに他愛のない話をする時間が増えた。

藤堂のマンションに泊めてもらった翌朝に、冗談めかして言っていたことを実践してくれているのかもしれない。

『弟のことにも志季のことにも立ち向かえなくなったら、またここに来てもかまわない。逃げ場くらいにはなってやる』

また仕事に支障がない程度に飲ませてやると言われ、藤堂らしくない言葉だと思ったが、不思議と玲音の気が楽になったのは事実だ。

電話をしながら頷いていると、志季が帰ってきた。

志季はなぜか難しい表情をしている。

「……そう、帰ってきた。えっ？　そんなんじゃないって。はいはい、それじゃあね」

手早く通話を終え、隣のベッドに腰を下ろした志季と向かい合う。

志季はまだ浮かない顔をしていて、めずらしいなと思った。

「おかえり志季。どうかした？」

「邪魔したか？」

「えっ？　べつに、そんなことはないけど」

「最近多いな」

先ほどの電話のことを言われているのだと気づいて、玲音は曖昧《あいまい》に笑った。

まさか志季とのことを愚痴《ぐち》っているのだとは言えない。

「ああ、うん。藤堂らしくないよね」

軽く流すように言いながらスマートフォンをサイドテーブルに置く。その手をつかまれた、と思った直後に、なぜか背中からベッドに押しつけられていた。

膝を乗り上げた志季が、覆いかぶさる姿勢で玲音を見下ろしている。

「……志季？」

見上げた志季の表情に陰《かげ》がさしているのは、明度をおさえたホテルの照明のせいだろうか。

「玲音」

「うん?」

「先日の食事会があった日の夜、藤堂のマンションに泊まったというのは本当か?」

「……っ」

なぜそのことを知っているのかと、戸惑った玲音の様子が答えになっていた。

「本当なんだな」

志季の眉間に深いしわが刻まれる。

「……ああ。ちょっと……綺羅のことで相談があって」

それは嘘ではない。結果的に志季の話になったのだが、さすがに本人には言えなくて口ごもってしまう。

「おまえの一番近くにいるのは俺だと思っていたんだが、間違いだったのか」

「……え?」

「ここ最近、迷いが晴れたような顔をしていたのは、藤堂のおかげだったんだな。見守ることしかしてやれなかった俺は、もう必要ないということか」

「なに……っ」

言われている意味がわからずに混乱する。

志季はいったいなにを怒っているのだろう。

「おまえの気が済むまでは、いつか弟離れができればそのときはと、思っていたんだがな」

痛いほどに手首をつかんでいた指から力が抜けて、唐突に解放される。

ベッドを降りて背を向けた志季を、玲音はとっさに呼び止めた。

「志季っ」

志季は立ち止まるけれど、振り向くことはない。

「どこに行くんだよ」

「別の部屋に移る」

「……どうして?」

「おまえと一緒じゃ眠れないからだ」

志季に拒絶された。その事実が玲音の深い部分に隠していたものを呼び起こした。

「なんだよ、それ。……また置いて行くんだな」

苦い記憶をかみしめるように、玲音はふらつく身体を起こして立ち上がった。

「いいよ、オレが別の部屋へ行く。志季はここを使って」

一刻も早く消えたい。志季から見えないところへ行きたい。こんな思いは、もうたくさんだ。

今度は自分から。志季が消えたんじゃない。自分が消えるのだ。

だから傷つくことなどなにもない。

自分に言い聞かせながら、壁際に置いていた荷物を取ろうと手をのばす。

「玲音」

志季に腕をつかまれる。たったそれだけのことで身体が震える。

「……なに？」

「玲音っ」

背中から強く抱きしめられて、玲音は驚いた。

身体中に志季の熱が伝わってくる。どうしてこんな展開になるのか、さっぱりわからない。

「……離して」

「……やっぱり、藤堂じゃなければ嫌か」

「なんで、さっきから藤堂のことばっかり」

「いまのおまえを癒してるのは、あいつだからだ。……俺のものだったのに！」

志季が垣間《かいま》見せた執着に、玲音の心が揺れる。

「志季の……もの？」

「おまえは忘れたかもしれないが、俺は覚えてるんだ、全部」

「そんなの、なかったことにしたのは志季だろっ」

背後で息をのむ気配がした。

一度だけ志季に抱かれたあの夜。

辛くて苦しくて、すがった玲音を志季は受け止めてくれた。

嫌なことはなにひとつ入り込んでこないように腕のなかに包んで、志季だけで満たしてくれた。

とてもとても幸せだった。

けれども翌朝、目覚めたときに志季はいなくなっていた。

「応えてくれたのは愛情だって思った。でも勘違いだった。志季はあの夜のことをなかったことにした。とうぜんだよな。あれは愛情じゃなくて、ただの同情だったんだから」

ふたりの間にはなにもなかった。残ったのは仕事仲間というつながりだけだった。

「だからオレは頑張っただろう。ちゃんと仕事仲間としてっ」

「玲音」

「二度と勘違いしないように自分を戒めて」

「玲音っ、ちょっと待て」

いつでも冷静な志季が顔色を変えているのにも気づかないまま、玲音は胸の奥に秘めていた想いのたけをぶつけ続けた。

「二度と思い出さないようにって、ずっと我慢して……っ」

「違う！」

「なにが違うんだよっ」

めずらしく声を荒げた志季につられて、玲音の声もケンカ腰になる。

「なかったことにしたいのは、玲音のほうだと思ったんだ」

「……え？」

「あのときのおまえは冷静じゃなかった。わかっていたのに、俺はそれにつけ込んだ。あとで落ち着いたら、おまえはきっと後悔するだろう。だから少しでも負担をかけまいと……なかったふりをするのがおまえのためだと、俺は……っ」

「……嘘…っ」

「本当だ。それだけじゃない。俺はずっと、藤堂だけではなく綺羅くんにも嫉妬していた」

「綺羅に？」

「ああ。おまえにとって一番大切な存在は綺羅くんだ。それは理解しているつもりだ。だが本音を言えば、玲音には俺だけを見てほしかった。ものわかりのいい顔をしながら、心のなかではどれだけおまえを独占したいと思っていたことか」

「そんなっ、オレは……オレのほうこそ、いつまでも弟離れできないから、そのうち本当におまえに愛想を尽かされるんじゃないかと……。でも自分ではどうしようもなくて、だから藤堂のところに相談に……」

基本的なところですれ違っていたのだと、ふたりはようやく気づいた。

「志季のばか」

「玲音」

「確かにあのときのオレは、いろいろあっておかしかったかもしれないけど、でもちゃんとおまえにすがっただろ。慰めてくれるなら誰でもよかったわけじゃないからなっ」

気持ちをちゃんと伝えないまま、曖昧にしていた自分も悪いけれど。

「確かに綺羅のことは大事だけど、志季のこともずっと……っ」

その先の言葉は、志季の唇に塞がれて言えなかった。

ずっと忘れられずにいた感触に、泣きたいような熱い気持ちがこみ上げてくる。

だんだんと深くなっていくキスに翻弄《ほんろう》されているうちに、ふたりして縺《もつ》れるようにベッドの上へ倒れ込んだ。やわらかなスプリングに背中から身体を預け、まるで飢《う》えているような激しさを必死に受けとめる。

ようやく解放されたころには、玲音の息がすっかり上がっていた。

「明日もイベントで、無理はできないとわかってるけど……」

それでも欲しいのだと、見下ろす志季の瞳には色めいた熱っぽさが宿っている。

こんな瞳をされて、拒めるはずがない。

「……いいよ。気持ちは同じだから……」

頷いた玲音は、覆いかぶさる恋人の背中に腕を回し、身体から力を抜こうとした。

一度は経験していることだ。そう思うのに胸の鼓動が勝手に早くなっていく。

そんな玲音をよそに、志季は上着を脱いでベッドの下に落とすのも、ネクタイを緩めるのも余裕のしぐさで、どぎまぎしているのは自分だけなのかと思うと悔しくなって、首筋を啄んできた志季のこめかみにささやいた。

「スーツ、しわになるぞ」

「ずいぶんと余裕だな」

玲音のシャツの胸元を開いていた志季が、瞳を覗き込んでくる。

「あ……たりまえだろ。初めてでもないんだから」

つい強がってしまうのは、もう癖のようなものだから仕方がない。

けれども熱い手のひらが素肌に直接触れてきた途端、びくりと身体が震えてしまった。

「……っ！」

すぐになんでもないふりをしたけれど、志季が小さく笑った気配がする。

「……なに？」

「いや、本当におまえは可愛いやつだと思って」

頬と目尻とこめかみにキスをしながら、志季はやはり上機嫌で笑っている。

大げさな反応をからかわれたのだと思った玲音は、顔を真っ赤にした。

すでに高ぶっていた感情が、それだけで容易に揺れ動く。

ずっと心臓の鼓動はうるさいし、真っ赤になった顔は火照《ほて》って熱い。

なんだかたまらなくなって、玲音は志季の胸に手をつくと、ベッドの隅へ逃げようとした。

「……玲音？」

けれども囲い込まれた腕のなかからは逃げられない。

いぶかしげな声から玲音は顔を背けた。

大げさではなく、恥ずかしさで息がとまりそうだ。

これから自分は志季の思うままに翻弄され、虚勢もプライドもすべてはがされて、素の姿を暴《あば》かれるのだと経験から知っている。

それがどんなに心許《こころもと》なくて怖いことか、きっと抱く立場の志季にはわからないだろう。

初めてのときは、玲音の精神状態が普通ではなかったし、甘い気分に浸れるような関係でもなかったから、羞恥に感情を乱されずにすんだだけだ。

手のひらで赤い顔を隠していると、

「悪かった、玲音。謝るから許してくれ」

手で隠しきれていない耳たぶに、そっと唇が触れてきた。

「……っ」

「おかしくて笑ったわけじゃない。可愛くてつい、ニヤけてしまっただけだ」

からかうつもりはなかったのだと、何度も髪を撫でられる。

「……本当に？」

「本当だ」

即答されて、ようやく気持ちが落ち着いてきた玲音は、手のひらの下からそっと顔をのぞかせた。

「なんで……わかった……？」

どうして逃げたくなった理由がわかったのかと問えば、

「玲音のことは、些細《ささい》なことでも見逃したくないから」

今度は頬と額に啄むようなキスが下りてくる。

「気遣いがたりなくて悪かった」

「……そんなことない。いまさら緊張なんかしてるオレも悪い」

「ああ……確かに。心音がすごいな」

心臓の音を確かめるように、志季の手のひらが胸に重なる。

また肌が震えたけれど、今度は動揺せずにすんだ。

「でも……ごめん。もっと辛くさせるだろうけど、許してくれ」

「……え？」

「許せなかったらあとで殴っていいから。玲音を俺にくれ」

もう一度、志季はキスから始めた。

はだけたシャツを脱がせて、手のひらで肌の上を宥《なだ》めるように愛撫《あいぶ》しながら、玲音の反応を確かめていく。

「志季……っ」

手のひらに唇が加わり、いつの間にか一糸まとわぬ姿にされていた玲音の隅々まで触れて、心も身体にも熱が灯《とも》されていった。

身体をつなげるための用意などしていなかったせいで、随分と丁寧に時間をかけられて、固く閉じていた後ろを解かれる。

一度は志季のことを覚えたそこは、玲音の心情とは別に、愛撫を加える指の持ち主に従順に蕩《とろ》けていった。

身体の奥の方まで探られ、探り出された快感を呼び起こす部分を、執拗《しつよう》に刺激されて、そのたびに玲音は甘い声を漏らす。

「あ……んっ」

延々と続いていた刺激は、ふいに志季が後ろから指を引き抜きぬいたことで終わる。

玲音がふっと息をついたのもつかの間、快楽にそまったせいで、すでに力が入らない足を広げて抱え上げられた。

そして指よりもっと熱くて固いものが、柔らかくなったそこに押し当てられる。

「……玲音」

名前を呼ばれて、うっすらと目を開けると、熱っぽい志季の瞳が見下ろしている。

「志季……っ」

無意識に手をのばすと、後ろに熱いものが一気に押し入ってきた。

「ああっ！　あ……っ、やあ……っ」

深々と奥まで埋められて玲音は高みに上りつめてしまい、たまらずに欲望を吐き出していた。

「玲音っ」

荒い呼吸に胸を喘《あえ》がせている間も、志季は昂《たかぶ》ったものを収めたまま、ゆったりと刺激を送り続けている。

「ま…って、まだ……っ」

「いい、俺もすぐにそこへいくから」

だから存分に快感に浸っていろ。

そう言って玲音の足を抱え直した志季が、腰を大きく揺らめかせる。

「あんっ……っ、はっ、あ…っ」

志季に容赦なく揺さぶられながら、玲音は甘く蕩けていく。

曖昧な関係から、ようやく一歩前へと踏み出せたふたりの最初の夜は、とても長い夜になりそうだった。


私的なことはともかく、仕事では期待されたとおりの結果を出してみせた二泊三日の出張を終え、玲音は志季に送られてマンションへと帰ってきた。

「コーヒーを淹れるから、少し休んでいかないか」

出張の間に志季との関係が深まったことを、綺羅に感づかれてしまうかもという気恥ずかしさが胸をよぎったけれど、離れがたい気持ちから誘えば、志季が頷いてくれて、ほっとする。

家のなかがやけに静かだと思いつつリビングへ向かった玲音は、ドアを開けて部屋へ入った途端に目に飛び込んできた光景に、瞬《まばた》きをするのも忘れてかたまった。

「……なにこれ……っ」

リビングのソファの上で、綺羅と蜂谷が仲良く抱き合いながらうたた寝していたのだ。

「どうした、玲音」

荷物を置いて遅れてやって来た志季も、ふたりの様子に気づいて目を丸くする。

「これはまた、大胆な」

「そういうことじゃないだろっ。なんでこいつがここに⁉」

「落ち着け玲音。ふたりが起きるぞ」

「だから、そういう問題じゃないって！」

以前の雨宿りのときとはわけが違う。綺羅は自分の留守中に蜂谷をマンションに招いて、こんなふうに過ごしていた。

動揺を志季にぶつけていると、騒がしさに気づいたのか、綺羅がぼんやりと目を開けた。

「あ……れーちゃん、おかえり」

ずいぶんと呑気な声でそう言って、まだ眠そうにあくびをする。

「綺羅っ！　いったいどういうことだか説明を……っ」

「お邪魔しています、玲音さん」

綺羅とは反対に、目を開けるなり身体を起こした蜂谷は、本当にいままで眠っていたのかあやしいほど、すっきりとした顔つきでこちらに会釈《えしゃく》をよこす。

自然とつながれている手。密着した身体。

ただの友達とは違う親密な空気がふたりを取り巻いている。

いつの間にか、ふたりの心の距離が近くなっていたのは疑いようもない。

「まさか……本当におまえたち……」

なるべく冷静でいようと心がけながら、それでも震える声で訊ねると、綺羅も起き上がってソファに座り直した。

「れーちゃん、あらためて紹介します。彼は蜂谷光佐くん。オレは彼と一昨日からおつき合いしています」

「今後ともよろしくお願いします」

悪びれる様子もなく告げられた交際宣言に、玲音は衝撃を受けた。

しかも蜂谷の腕は堂々と綺羅の腰を抱いていて、こんな状況なのに、ふたりして開き直っているようにしか見えない。

「……おつき合いって……」

危惧《きぐ》していたことが現実になって、玲音の感情は激しく乱れていた。

本音を言えば、ふたりの交際など嬉しくもなんともないし、認めたくもない。

それでも兄としては祝福するべきなのだろうか。

弟の気持ちを尊重して、笑って受け入れてやるのが正しい兄の姿なのだろうか。

理性と感情が入り乱れて迷った玲音は、先ほどから一歩下がったところで成り行きを見守っていたらしい志季へと視線を向けた。

「……志季」

冷静に考えることができない自分を助けてほしい。

声には出さなかったけれど、志季は玲音の望みを正しく受け止め、隣に並ぶとまるで勇気づけるように肩を抱いてくれた。

そして綺羅たちと向かい合う。

「蜂谷、きみは実家暮らしか？」

話を振られた蜂谷は、意外そうに目を瞬いたが、落ち着いた返事をしてきた。

「いいえ、ひとり暮らしですが」

「それなら問題はないな。ひとまず綺羅くんを連れて帰ってくれないか」

「はい？」

さすがに予想外の言葉だったのか、どういう意味だと綺羅と目を合わせている。

「ふたりが冷静に考えられるようになるまで、綺羅くんを預かってくれ。俺は玲音を連れて帰る」

「志季っ？」

なにを言いだすのかと志季のシャツの胸元をつかむと、大丈夫だから任せてくれと、肩を抱いていた手に髪を撫でてあやされた。

「おまえたち兄弟は、少し離れて考える時間を持つべきだ」

お互いを守ろうと必死になっていたこの部屋から出て、手をつないだ相手に目を向けて。

そうして狭《せば》めていた視野を広げるといい。

「これもいい機会だ」

志季の提案に、玲音と同じように動揺している綺羅の背中を押したのは蜂谷だった。

「確かにいい機会ですよ、綺羅さん」

「なに、どういうこと？」

言っている意味がわからないらしく、綺羅が首を傾げる。

「この際だから、綺羅さんも、ずっと胸に抱えていた気持ちを晴らしましょう」

「なっ……ちょっと待って、なに言ってるの」

「もう、いい子で真面目な弟じゃなくてもいいでしょう」

「蜂谷っ！」

遮《さえぎ》るように名前を呼んだ綺羅は、明らかに動揺していた。

「……なんのことだ」

意味深な蜂谷の言葉に、玲音も反応する。

蜂谷から玲音へ視線を移した綺羅は、明らかに困ったような気まずいような表情で目を逸らした。

「……綺羅？」

「綺羅さんも、この人なりにいろいろと考えて悩んでいたってことですよ」

「そんなこと、れーちゃんに言わなくてもいいだろっ！」

「言わなきゃなにも伝わりませんよ」

「伝わらなくていいんだよ！」

「兄弟でしょう、どうして遠慮するんですか。寂しいならそう言って甘えたらいいじゃないですか」

「いいから、もう黙って！」

綺羅は必死に蜂谷を止めている。それがかえって言葉が本音である証拠のように見えた。

「寂しいって、もしかして……オレのせい……？」

「違うよれーちゃん！　べつにそんなんじゃないから」

蜂谷の腕から抜け出した綺羅が、ソファを降りて駆け寄ってくる。

「本当になんでもないんだ。気にしないで」

「綺羅さん、嘘でごまかしても、なにも解決しないよ」

「……っ！」

綺羅にとっては図星だったのだろう。口を閉じて俯いてしまう。

冷静な指摘は玲音の胸にも鋭く突き刺さった。

蜂谷の意味深な言葉はたぶん真実なのだろう。綺羅はずっと曇った気持ちや悩みを抱え、それでもいい子で真面目な弟でいようとした。

それなのに自分は少しも気づけずにいたのか。

呆然とする玲音を胸に抱き寄せた志季は、痛々しいものを見るように目を細めた。

「……玲音」

そして玲音に見えないところで蜂谷へと流した視線が咎《とが》めるように尖っていたが、蜂谷も困ったように笑い返すだけだった。

「とにかく玲音は連れて帰る。あとは頼んだ」

蜂谷に手を引かれてリビングから廊下へと歩き出しても、玲音は抗わなかった。

志季のマンションへ連れて来られた玲音は、疲れた気分でソファの上で膝を抱えた。

「今夜はもう横になって休んだらどうだ」

隣に座ったらしい志季の手のひらが頭を優しく撫でるけれど、顔を上げることができない。

「志季」

「うん？」

「綺羅がいろいろと考えて悩んでたことって、なんだろうな。オレは全然気づかなかった」

ふたりきりの家族でも寂しくないように、大切に育ててきたつもりだった。

それとも玲音の自己満足で、綺羅にとってはそうではなかったのだろうか。

自分のやり方では至らない面があったということなのか。

「蜂谷は知ってたんだ。まだ出会って一年もたたない男に教えられるなんてな。オレはどれだけ情けないんだか」

玲音にとっては二重の意味でショックだった。

自分を責めずにはいられない玲音を、志季はいちいち窘めてくれる。

抱き寄せた玲音の頭に頬を寄せ、肩や背中を何度も撫でていた手が、ふいに止まった。

「思い当たることが、ひとつある」

「なにっ？」

「……っ！」

玲音は膝に埋めていた顔をがばっと上げた。勢いがよすぎて頭頂が志季の顎《あご》をかすめたが、それどころではない。

志季は手で顎をさすりながら答えた。

「それに関しては、おまえには言わなかった綺羅くんの気持ちもわかるし、それを聞いておまえがどう答えるかも察しがつくから、できることなら言いたくないんだが」

「前置きが長い。いいから話せ」

強く促すと、志季はしぶしぶといった様子で教えてくれた。

「ずいぶん昔のことだが、俺は、綺羅くんに泣きつかれたことがある」

「どういうこと!?」

「オレかられーちゃんを奪らないでって、そう言いながら泣かれた」

なぜそんな成り行きになったのか、そのあたりの記憶は定《さだ》かではないが、綺羅は中学生だった。大きな瞳に涙をいっぱいに溜めて、それでもこぼさないように必死に堪えていた。

けれども最後には、本当は言うつもりがなかったことだから忘れてくれと謝られた。

もう忘れたと、その気持ちに合わせてやると、ほっとしたように微笑んでいた。

そう話してくれた志季は、当時を思い出しているのか苦い笑みを浮かべている。

「もしかすると綺羅くんは、俺が隠していたはずの気持ちに気づいていたのかもしれないな」

「気持ち？」

「俺は、玲音が弟離れできる日を待っていた。そのときがきたら、もう玲音は俺だけものだ。ずっとそう思っていた。だが綺羅くんにしてみたら、俺は大事な兄を奪っていく嫌な男だったろうな。綺羅くんを寂しがらせていたのは、俺かもしれない」

「そんなことが……」

志季が隠していた想いと、綺羅が胸に秘めていた想い。

どちらも玲音は気づけなかった。

「もしも志季が原因だったとしても、それは志季だけのせいじゃない。オレも同罪じゃないか」

玲音の心にも、ずっと志季が住み続けていたのだから。

誤解と意地ですれ違ったまま、背中を向けていたけれど、気持ちの矢印はお互いをさしていた。

「オレがもっと配慮してやれてたら、綺羅に寂しいをさせることもなかったのに」

「ほらな、そう言うと思った。だから綺羅くんも俺に言ったんだろうが、忘れてくれって。おまえが自分を責めたら、彼のいままでの我慢が台無しになる」

「我慢なんか、しなくてよかったのに」

それでも言わずにはいられなくて呟くと、志季が笑った気配がした。

「……なに？」

「そうだな。そういうところは兄弟そっくりだ」

「えっ？」

「おまえは、自分が綺羅くんに過保護なのは自覚していたけど、綺羅くんもおまえに対してかなり過保護だって気づいてるか？」

「綺羅も過保護……？」

「だってそうだろう。仕事と家事が忙しいおまえのために、手のかからない子供でいようとしたり、おまえを困らせるようなことは言わないと我慢したり。そうやって綺羅くんなりに、玲音との暮らしを守っていたんだな」

守るのは兄である自分の役目で、逆の立場など考えたこともなかった玲音にとって、それは驚きであり、新鮮でもあり、胸を締めつけるようなせつない感覚だった。

「察していながら放置していた俺が、一番の悪者だ。こういうことは外にいる人間が、それとなく気づかせてやるべきだった」

「違うだろ。志季は兄弟の問題だから遠慮しただけだろ。オレが子供に我慢ばかりさせてたんだ。なんて言って謝ればいいのか……」

再び膝に顔を埋めようとすると、志季の手に荒っぽく髪をかき混ぜられた。

「ちょっ……志季っ」

「おまえも間違ってるぞ、玲音。おまえが綺羅くんに言わなきゃならないのは、ごめんじゃなくて、ありがとうだろうが」

「……え？」

「ふがいない兄を支えてくれてありがとう。それできっと気持ちは伝わるはずだ」

配慮が足りなかったことへの謝罪ではなく、気遣ってくれたことへの感謝の言葉を。

「そうしたら、許してもらえるかな」

「許すもなにも、綺羅は怒ってなかっただろう」

蜂谷が暴露《ばくろ》しなければ、こんなふうに玲音が知ることもなかった話だ。

「……俺は、ずっと綺羅に守られていたんだな」

「愛されてるな、お兄様」

「バカ。からかうな」

文句を言いながらも、玲音は抱きしめてくる志季の腕に抗わない。

温かい胸にもたれながら、志季が傍にいてくれてよかったと思った。

綺羅はいま、どうしているだろう。

「……綺羅、大丈夫かな」

「蜂谷がついてる」

「それとこれとは別だろう」

「お兄様、俺は、あれはけっこう悪くない相手だと思うぞ」

「だからお兄様はやめろってば」

志季の胸を押し返して文句を言えば、悪かったと、それでもどこか嬉しそうに額にキスをされる。

この男は、秘めていた想いを解放したらこんなふうに変わるのかと、玲音は意外に思った。

だがいまは、そのあたりを追及している場合ではない。

「悪くないって、どうしてそう思う？」

「弟をさらった男だってのを抜きにして、よく見てみろ。さっきの荒療治《あらりょうじ》も、おまえたち兄弟にちゃんとフォローできる相手がいると理解していたからこその行動だっただろうが」

「……そうなのか？」

「自慢の弟が選んだ相手だ。信じてみろ。それでもし、仮に、万が一にもあいつが綺羅くんを泣かせるようなことがあったら、そのときは……」

「そのときは、オレがヤツを泣かせてやる」

「ああ。俺も協力しよう」

弟を傷つけるやつは、兄である自分が許さない。

だからそんな日が来ることのないようにと、玲音は綺羅のキラキラした笑顔を思い浮かべながら、心のなかでそっと祈った。

◇綺羅◇

一方そのころ。

志季に手を引かれてリビングを出て行く玲音の背中を呆然と見送った綺羅は、身体から力が抜けてソファにへたり込んだ。

気遣うように隣へ座った蜂谷が、傾く身体を支えようと手をのばしたけれど、綺羅は触れられる前に拒む。

「どうしてあんなこと……れーちゃんに言う必要はなかったじゃないか」

「言ったでしょう。言葉にしないとなにも伝わらないって」

少しも悪びれない態度に、ふつふつと苛立ちがわいてくる。

「オレは、伝える気なんてなかったのにっ」

「でも綺羅さん、本当は、我慢していることに気づいてほしかったんでしょう？」

「……っ！」

自分でも意識していなかったことを指摘されて、綺羅は息をのんだ。

本当にそうなのだろうか。心のなかでは、玲音に寂しい気持ちを気づいてほしいと思っていたのだろうか。

考えるとだんだん気弱になっていく自分に気づいて、綺羅は首を横に振った。

「そんなわけない。れーちゃんが悲しむってわかってるのに、そんなことを思うはずないだろ」

「……綺羅さんがそう言うなら、俺の勘違いだったのかもしれません。でもね、教えても大丈夫だと思ったんですよ」

「……どういうことだよ」

「綺羅さんの本音を知って悲しんだとしても、お兄さんには慰めてくれる恋人がいる」

「……恋人？」

綺羅は不思議そうに大きな瞳を瞬かせた。

「ええ。仕事仲間だって聞いてましたけど、あの志季さんって人は、お兄さんの恋人ですよね？」

「……ええっ!?」

「あれ、違いましたか？　俺にはそう見えましたけど」

首を傾げた蜂谷を、綺羅はまじまじと見つめた。

「蜂谷にはそう見えたの？」

「はい。ふたりを包む雰囲気というか、通じ合っている空気から、そうじゃないかと。俺、この手の勘は外したことがないんですけど」

「……そっか……」

とうとうその日が来てしまったのだと、綺羅は深いため息をこぼした。

玲音が自分だけのものではなくなったと知って、寂しさが胸を満たしていく。

「そうなんだ。れーちゃん、とうとう素直になれたんだね」

本当は志季のことが好きなくせに、素っ気ない態度ばかり取っていた。ただの仕事仲間だと言いながら、志季のこととなると必要以上に反応していた。

そんな玲音の愛情が、とうとう志季に届いたのだ。

いまの玲音の心境を考えると、当然の寂しさはあるけれど、同時にほっとしている自分がいるのを感じる。

玲音を志季に取られる日が来るのがずっと怖かったはずなのに、自分でも驚くほど不思議だった。

この変化は、いったいなんなのだろう。

「綺羅さん、寂しい？」

蜂谷の手のひらが、そっと肩に触れてくる。

「……あたりまえだろ」

「それじゃあ、はい、どうぞ」

そして大きく腕を広げると、綺羅を胸にぎゅっと抱きしめてきた。

「蜂谷っ？」

「いっぱい甘えてください。この胸は綺羅さん専用ですからね」

ほんの少しでも寂しさが和らげばいいと、腕のなかに包みこんで、背中をやさしく撫でてくれる。

たくましい胸に頬を押しつけながら、綺羅は蜂谷の言葉を思い出していた。

いい機会だからと言っていた。玲音が悲しんだとしても、慰めてくれる恋人が傍にいるから大丈夫なのだと。

その意味を、綺羅はようやく身をもって理解した。

自分の傍には蜂谷がいる。動揺したり寂しくなったりしたら慰めてくれる恋人が、自分にもいた。

「綺羅さん」

綺羅のこめかみのあたりに顔を伏せた蜂谷が呼びかけてきたけれど、綺羅は考えをまとめるのに忙しくてそれどころではない。

玲音のことが、寂しくても辛くならなかったのは、きっと蜂谷がいてくれたおかげなのだろう。

好きな人ができたことで強くなれるなんて、物語のなかの出来事でしかなかったのに。実際に体験してみて、こんなにも心強いことだったのだと、文字だけでは知りえなかった感情に満たされる。

「綺羅さん？　やっぱり怒ってます？」

胸に顔をうずめたまま反応のない綺羅に、あんなに悪びれない態度でいたくせに、いまごろになって心配になってきたらしい。

仕方のない男だ。怒っていたら、こんなに大人しく腕のなかにおさまっているはずがないだろう。

そんなこともわからないらしく、やさしく背中を撫でていた手が、トントンと合図をするように動き始める。

「なんでもいいから返事してください」

顔を覗き込もうとしたのか、肩をつかんで胸から引きはがされそうになって、綺羅は反対に、自分からぎゅっとしがみついてやった。

「えっ、ちょっと、綺羅さん？」

頭の上で、慌てたような声がする。

いつの間にかとても身近なものになっていた蜂谷の匂いを胸に吸い込みながら、綺羅はこっそりと笑いをかみころした。

◇玲音◇

それから一週間後。さすがに仕事のスケジュールがあやしくなってきた玲音が自宅マンションへ帰ると、綺羅がひとりで朝食を食べていた。

「……綺羅」

「れーちゃん、おかえりなさい」

綺羅はいままでと変わらない笑顔で玲音を迎えてくれる。

「帰ってたのか」

「うん。三日前くらいにね」

大学の講義に必要なテキストや資料をいちいち取りに戻るのが面倒になったのだと、綺羅は意外とさばさばとした口調で答えてくれた。

恋人の部屋でちょっとした同棲《どうせい》気分を味わっていた自分と違い、どうやら綺羅はちゃんと毎日大学へ通っていたようだ。

思い返せばいままでに一週間も声を聞かなかったことなどなかった弟と、久しぶりに顔を合わせてみて、玲音はどこか気恥ずかしいような気持ちを感じていた。

しかも綺羅は、たった一週間でずいぶんと大人びたように見えて、眩《まぶ》しいやら驚くやらだ。

話したいことも聞きたいこともいろいろとあるはずなのに、なにから始めればいいのかと、玲音は騒ぐ胸を宥めるのが大変だった。

そんなそわそわした空気が漂うなかで、先に口を開いたのは綺羅のほうだった。

「ごめんね、れーちゃん。蜂谷のことも、蜂谷がいろいろ言ってたことも」

「綺羅が謝ることなんてなにもないだろ。オレのほうこそ配慮が足りなくて悪かった」

「れーちゃんだって悪くないよ。オレがひとりで僻《ひが》んでただけで」

「そんなことない。ちゃんと気づいてやるべきだったのに」

「気づかれたくなくて隠してたんだから、仕方ないよ」

どこまでも平行線に思えた会話の流れを、綺羅が変える。

「じゃあ、両方とも悪かったということで。オレはれーちゃんを許す。だかられーちゃんもオレを許して？」

「綺羅……」

「オレたち兄弟は、ずっと、ふたりだけでいられた。でも志季さんは、れーちゃんのことが欲しいんでしょう？」

「……ああ。そう言ってた」

「蜂谷もね、同じなんだって。もうふたりだけじゃないんだよね」

「そうだな」

「オレは、四人になるのも悪くないと思えるようになった。志季さんに、そう伝えて？」

志季へと託された想いが、玲音の胸にも温かくしみる。

「れーちゃん、オレね、やっぱりれーちゃんの自慢の弟でいたい。だから今回のことで気づいた、自分のなかのいろいろと間違ってる部分を、ひとつずつでも直していけたらいいなと思うんだ。どうやら蜂谷も手伝ってくれるみたいだしね」

しっかりと顔を上げて未来を見つめる綺羅の瞳は、その名のとおりにキラキラと輝いていた。

「だかられーちゃんも、思うとおりにしてよ」

「綺羅」

「なに？」

「おまえ、大きくなったなあ」

見た目だけではなく、内側も。

ずっとふたりで、かたく手をつないで歩いてきた兄弟は、もう一方の手を取ってくれる相手を見つけたことで、ようやくその手を緩めることができた。

まだ完全に手放すことはできないかもしれないが、そう遠くはないことだろう。

「それよりも蜂谷がね、どうせならこのまま一緒に暮らしたいって言うんだ」

「ダメです。大学を卒業して、自分で家賃を払えるようになったら好きにすればいい」

「だよねぇ。オレもそう思って断ったんだけど」

六年越しの恋を実らせた男は、なかなかに諦めが悪いらしい。

「週末は泊まりに行けばいいだろう」

「そうだよね。そのくらいが、ちょうどいいよね」

お互いにねと、顔を見合わせ、どちらからともなく微笑み合う。

弟と兄。それぞれに恋人ができても、兄弟愛はまだまだ健在なのだった。

お兄さんの心配ごと

◇玲音《れおん》◇

　すっかり夜も深まった時刻。

　玲音は志季《しき》のマンションのリビングで寛《くつろ》いでいた。

　肌触りが柔らかいラグの上に座り、テーブルにもたれて頬杖《ほおづえ》をつきながら、持参してきたノートパソコンを開いて通販サイトを眺《なが》めている。

　今夜は泊まる予定なので、時間に追われることもなく気持ちものんびりできる。

　熱心に見ていたのは健康器具を紹介したページだった。

　職業柄ずっと座って作業をしているうえに、外出する機会も少ないので、運動不足解消のために自宅で手軽に使える品物があればと物色しているのだ。

　懸垂《けんすい》マシンやルームランナーといった本格エクササイズできるものから、座るだけのバランスボールや、寝転がってストレッチをするものなど。便利なものがいろいろと並んでいて迷うが、なかでも心惹《ひ》かれたのはマッサージチェアだった。

　コーヒーカップを口元に運びながら、商品の画像をクリックする。

「こういうものに興味がわくなんて……疲れがたまってるのかな」

それとも年齢のせいだろうかとぼやきつつ、商品の詳しい説明を読んでいると、リビングのドアが開いて志季がバスルームから戻ってきた。

風呂上がりの身体をパジャマ替わりのTシャツとスウェットパンツでつつみ、肩にかけたタオルで濡《ぬ》れた髪を拭《ふ》いている。

ただの仕事仲間だったころにはめったに見られなかった寛いだ姿に、本当に自分たちは恋人になったのだと実感がわいてきて、どこか照れくさい。

冷蔵庫から取り出したミネラルウォーターのペットボトルを持って玲音の傍《そば》まで来ると、腰をかがめて画面を覗《のぞ》き込んできた。

「なにを見てるんだ？」

「んー、最近運動してないから、なにかいいものがないかなと思って」

「ジョギングでも始めるか」

「外を走るなんてやだよ」

商品説明に視線を向けたまま即座に却下すると、すぐ背後に腰を下ろす気配がする。後ろからまわされた腕に腰をゆるく抱かれ、こめかみにキスをひとつしてから、志季は玲音の頭に顎《あご》をのせた姿勢に落ち着いた。

「志季、熱い。重い。それにまだ髪が濡れてるだろ」

「もう乾く」

どうやら放してくれる気はないらしい。

「まったく……」

つき合い始めてからの志季の変わりように誰よりも驚いている玲音だが、そんな玲音も、文句を言いながらも腰を抱く腕を振りほどくことはない。

つまりはそういうことだ。

背中に志季をはりつかせたままマウスを操作していると、髪に鼻先をうめて遊んでいた志季がふいに言った。

「玲音、提案があるんだが」

「んー？　なに？」

「今週末に、四人で食事でもしないか？」

「えっ？」

まさにマッサージチェアをサイトのお買いものカートに入れようとしていた玲音の手が止まる。

「……なに、どういうこと？」

「だから、四人で食事でもしないかと言ったんだ」

「四人って……」

上半身をねじって後ろを振り返ると、志季は、わかりきっていることを訊《き》くなと言いたげな顔をしていた。

「玲音と俺と、綺羅《きら》くんと蜂谷《はちや》に決まっているだろう」

その言葉に玲音は耳を疑った。

どうして突然そんなことを言いだすのか、志季の考えがわからなくて、おそるおそる訊《たず》ねる。

「……なんで？」

「お互いの親睦《しんぼく》を深めるために」

「どうして……？」

「まあ、これから長いつき合いになるだろうから、一度くらい顔合わせの場を設《もう》けてもいいだろう」

いちいち答えてくれる志季が、玲音の頬を指先でつついた。

「不服そうな顔だな」

「わかってるなら言うなよ」

「だが、曖昧《あいまい》なままでは、おまえもやりにくいだろう」

「それは……そうだけど」

志季の指摘は当たっていた。

成り行きから綺羅と蜂谷の交際を受け入れる形になったが、本音はふたりの関係を認めたわけでも許したわけでもない。

綺羅が自ら蜂谷に歩み寄ったから、心を開いたから、なにも言えなくなっただけだ。口うるさくて理解のない、頭の固い兄だと思われたくない。

それに自分と志季とのことがある手前、それを棚に上げて綺羅にだけ交際はダメだと言うわけにもいかない。

玲音の心境は複雑だった。

綺羅が蜂谷と出かけて帰りが遅くなるたびに、余計なことまで勘ぐってしまい、そんな自分が嫌になることもある。

弟はまだ子供だと思っていたからか、それとも子供だと思っていたかったのか。

互いに想いあえる相手に出会えたのは幸せなことだと、頭では理解しているつもりなのに、なかなか感情がおいついてこない。

「もう少し蜂谷に歩み寄って、あいつのことを知ってみたらどうだ」

「……蜂谷のことを？」

「おまえたち兄弟はよく似ているから、知れば気に入るかもしれないぞ」

「……そうかな」

そうなれるだろうか。綺羅を託《たく》せる相手だと、蜂谷を認める気になれるだろうか。

以前の玲音だったら、ありえないことだろう。けれども誰よりも自分のことを考えてくれる志季が言うのなら、前向きに検討してみるのも悪くないと思える。

「わかった。綺羅と相談してみる」

「そうだな」

まるで褒《ほ》めるように髪を撫《な》でられて、玲音の頬がじわっと熱くなった。

自分でもかなり面倒な性格をしている自覚はあるが、いつも途中で投げ出すことなく諭《さと》してくれる志季には感謝している。

「まあ、あいつもバイトで忙しいらしいから、都合がつくかはわからないけどな」

蜂谷があの主人公を演じた新人モデルだと綺羅から教えられたときは、まさかと驚いた。

当時の玲音はCFの仕上がりに気を取られていたせいか、モデルのくわしい素性などあまり気にしていなかったので、いまではすっかり忘れていた。同じ条件だったはずの志季は自力で気づいたそうだが。

ふたりの縁はそのときから繋《つな》がっていたのだと思うと、綺羅をヒロインに推薦《すいせん》した自分の選択が悔やまれる。一生の不覚だ。

蜂谷は学業優先のためにモデルの仕事から離れていた時期もあるが、高校進学を機会に本格的に再開したのだそうだ。

「ところで、それ、まだ見るのか？」

「えっ？」

志季の視線が、通販サイトの画面にちらりと向けられる。

「ああ、このマッサージチェア、なかなかよさそうじゃない？　クチコミの評判もいいみたいだし、試してみようかと思って」

「気に入ったなら、俺が買ってやるから早く注文してしまえ」

「なにそれ、べつに自分で買うからいいよ」

玲音はマウスを操作して注文手続きを進める。

手続き完了まで終えると、右手に志季の手が重なって、ネットの画面どころかパソコンまで閉じられてしまった。

「志季？」

うなじを掠めた志季の唇が、吐息《とい き》まじりにささやく。

「ふたりきりでいるときくらい、頭の中まで全部独占させろ」

「……志季」

そういうことだったのかと、玲音の頬が見る間に赤くなり、胸の奥から志季への愛しさがわき起こってくる。

「もう終わったから、いいよ」

泊まれば自然と肌を合わせることが多かった。

すれ違っていた期間が長かったせいか、志季は焦《じ》れていた時間を埋めるように玲音に触れたがる。

もっと早く、志季と正面から向かい合っていればよかった。

意地を張るのをやめていればよかった。

結果を恐れないで、勇気をだして確かめてみればよかった。

想いが通じ合ったいまだから、そう思えるのかもしれないが、悔やまれてならない。

だから遠回りして無駄にしたぶんを、少しでも取り戻したいと思う。

「……玲音」

「いいよ。志季の好きなようにして」

恋人の腕のなかで、玲音は満たされていた。

綺羅からも蜂谷からも前向きな返事が返ってきたため、食事会の話は順調にまとまった。

気が進まないのは自分だけかと解《げ》せない想いだったが、決まってしまったものは仕方がない。

どこか雰囲気のいい店へ食べに行く案も出たのだが、かえって落ち着かないという玲音の一言で、西形《にしかた》家のダイニングで夕食を振舞うことに決定した。

そしてとうとうやってきた、週末の土曜日。

大学が休みの綺羅とふたりで午前中のうちに家中の掃除を済ませ、スーパーへ行って食材を買い込んできた。

ふたりでキッチンに立ち、手慣れた様子で調理を始める。

今夜のメニューはトマトとチーズとアボカドのカプレーゼと、茄子とベーコンのペンネ。具だくさんのミネストローネ。メインは牛肉の赤ワイン煮で、サラダや軽くつまめるものも作る予定だ。

洋食に偏《かたよ》ったのは、志季が魚を好みそうな淡泊《たんぱく》な見た目のわりに、肉料理やこってりした味のものを好むからだ。

蜂谷は職業柄、食事制限をしているかもしれないが、この際気にしないことにする。洋食は苦手ではないそうなので、かまわないだろう。

キッチンに並んで一緒に料理をするのは慣れたものだが、綺羅はなんだかいつもよりそわそわして見えた。

あらためて顔を合わせるということで、緊張しているのだろうか。

自然と役割分担をしながら、時間のかかる料理から仕込んでいると、

「あっ！」

突然、綺羅が声を上げた。

「どうした？」

「チーズを買い忘れちゃった」

「えっ？　買い物カゴに入れたはずだけど」

今夜のメニューに必要な材料をあらかじめメモしておいて、チェックをしながらカゴに入れたつもりだったが、食材をしまったはずの冷蔵庫のなかに見当たらない。

「……おかしいな」

「れーちゃん、オレ、いまから買ってくるよ」

「えっ、いまから？」

綺羅はさっさとエプロンをはずすと、財布とスマートフォンをパーカーのポケットに入れた。

「すぐに戻るから。行ってきまーす」

「……って、綺羅！　もうすぐ……」

あと三十分ほどで、蜂谷がやって来る予定の五時になる。

「……どうするんだよ」

もしも綺羅がいない間に蜂谷が来たら、ふたりきりになるのだ。

和《なご》やかな会話で相手をする自信はないと、いささかの不安が胸を過《よぎ》ったものの、マンションからスーパーまでの距離は徒歩で十分足らずだ。自転車を使ってチーズを買ってくるのに、二十分もあれば戻れるだろう。

そう予想して調理を続けていたが、綺羅はなかなか帰らず、とうとう五時になってしまった。

「……遅いな」

そわそわしながら案じていると、エントランスのインターホンが来客を告げる。

綺羅がわざわざそんなことをするはずがなく、相手を確認すると、やはり蜂谷だ。

正直なところ、綺羅も志季もいないこの状況で部屋へ上げるのは非常に困る。だからといって、無視したまま待たせるのも問題がある。

とにかく迷っている時間もないので、意を決して解錠し、玄関へ移動して待っていると、今度は玄関ドアのチャイムが鳴った。

ドアを開けてやると、蜂谷は出迎えた玲音の顔を見るなり、おやっと不思議そうな表情を浮かべたが、すぐに綺麗なしぐさで会釈《えしゃく》をした。

「こんにちは、玲音さん。今日はお招きありがとうございます」

蜂谷はグレーのテーラードジャケットに、カジュアルなカットソーと黒のスキニーパンツを合わせた服装で現れた。

堅苦しくもなく、ラフにもなりすぎない装《よそお》いは、さすがに現役モデルといったところか。

ざっくりとした生成《きな》り色のサマーセーターに細身のカーゴパンツをはいている自分は気合いが足りなかったかと、つけたままだったエプロンの裾《すそ》を握りしめる。

「これ、よければ召し上がってください」

さし出された手土産《てみやげ》は、綺羅が好きな洋菓子店のスイーツと、天然果汁のフルーツジュース。

そういえば、綺羅の後輩ということは、蜂谷はまだ未成年なのだ。

弟の恋人ということで必要以上に気がまえていた自分に気づいた玲音は、相手は飲酒もできない年齢なのだと、ほんの少し肩の力を抜いた。

ここは大人の自分が余裕をもって対応してやるべきだろう。

「どうぞ」

「お邪魔《じゃま》します」

部屋に招き入れると、大人しく後ろをついてくる。

「綺羅はいま、スーパーへ行ってる。戻るまでソファで寛いでいてくれ」

手土産を冷蔵庫に入れるためにキッチンへ戻ると、蜂谷はやっぱりついてきた。

「なにかお手伝いできることはありますか？」

「いや、あとは仕上げと盛りつけくらいだから」

使い慣れないキッチンだから、気を遣《つか》わなくていいとやんわり断る。

息子の嫁と対決する母親は、もしかしてこんな気持ちなのだろうか。

牛肉の赤ワイン煮は圧力鍋のなかで柔らかく仕上がっているはずだし、ペンネもミネストローネもできた。あとはバゲットを焼いてアレンジして、綺羅が帰ってきたらカプレーゼを作るだけだ。

志季が来て食事を始めるまで、まだ時間がある。

「コーヒーでも飲むか」

ただ待たせているのも落ち着かずに提案すると、

「はい。いただきます」

蜂谷は素直に頷《うなず》いて、ダイニングテーブルの椅子《いす》に座った。

「綺羅さんが、お兄さんはコーヒーを淹《い》れるのが上手だと褒めていましたよ」

「へえ……そうなんだ」

それは遠まわしに褒められたのだろうか。蜂谷の真意がわからなくて、つい返事が素っ気なくなってしまう。

「玲音さん」

「……なんだ」

コーヒーメーカーをセットしていると、蜂谷が真面目な表情をこちらへ向けてきた。

「いい機会なので教えてください。玲音さんは、俺と綺羅さんがつき合うことについて、どう思っていますか？」

「それは……」

投げかけられたまっすぐな質問に、玲音は目を丸くした。

確かに綺羅がいないからこそできる話かもしれないが、いろいろと段階をすっ飛ばし過ぎではないだろうか。

「ずいぶんとストレートな質問だな」

「あなたには、本音でぶつからないといけない気がしたので」

「……なるほど」

当たり障《さわ》りのない答え。大人らしい対応。曖昧な態度。

頭の中にいろいろと浮かんできたけれど、口から出た答えはそのどれでもなかった。

「本音を返すと、まだ納得していない」

「それは、俺が信用できないからですか？」

「そうだな、それもあるかな。でもつき合うことになったんだから、オレがどう思っていようがいまさら関係ないだろう」

我ながら自虐《じぎゃく》的な返事になってしまったと苦笑しながら、食器棚からコーヒーカップを三つ取り出して温める。

「関係ないわけないですよ」

「えっ？」

「俺は綺羅さんを心の底から幸せにしたいんです。そのためには、玲音さんに認めてもらうことが一番重要なんです」

こういうことを真顔で言える男だから、恋人として受け入れる気になったのだろうかと、玲音は綺羅の心情を感じ取る。

「……綺羅も、もう大人だ。保護者がいちいち口を出すこともない。おまえは綺羅に選ばれたのだから、さっさと奪っていけ」

弟はいずれ巣立つものなのだからと言うと、蜂谷は静かに首を横に振った。

「そんなこと綺羅さんは望んでない。例え恋人ができて暮らし方や感じ方が変わったとしても、綺羅さんにとってあなたがなにより大切な人であることに変わりはない」

それはあなたも同じでしょうと、微笑《ほほえ》む蜂谷の表情は若造のくせに包容力にあふれていて、不覚にも返す言葉を失う。

「だから奪わない。綺羅さんの世界を狭めるようなことはしません。俺はあなたの信用を得るところから始めます。おまえにならら弟を安心して任せられると言ってもらえたときに、本当の意味であの人は俺のものだと言えるようになるんだと思います」

「……蜂谷……」

奪うのではなく、こちらへ歩み寄って来るのだと蜂谷は言った。綺羅の意思だけではなく、玲音の想いも尊重してくれるのだと。

この男は自分が思っていたよりもずっと深く綺羅のことを考えてくれていた。

「……そうか」

悔しいけれど、蜂谷という男の印象が良いほうへ傾いていく。

頑張れと励ましてやるのも変だし、年下の男の雰囲気にのまれてしまった悔しさもあって、とりあえず頷いてその場をやりすごし、返事の代わりに淹れたてのコーヒーをテーブルに置いてやった。

「いただきます」

蜂谷はテーブルで。玲音はキッチンカウンターのなかで。一緒にコーヒーを飲む流れになって、ふたりの間に沈黙がおりてくる。

飲み終わったあとはどうしたものかと思案していると、ようやく綺羅が帰ってきた。

「ただいま」

「こんにちは、綺羅さん。お邪魔してます」

立ち上がって綺羅を出迎えた蜂谷の表情は、さっきまでと違って甘く崩れている。

「蜂谷、いらっしゃい」

応える綺羅も嬉しさが態度や表情からにじみ出ていて、結局はそういうことなのだと玲音は妙に納得してしまった。

その人を好きになってしまった。そして相手も同じ気持ちを返してくれるという奇跡のような出会いに恵まれた。

それがどれだけ尊いことなのか、玲音だって知っている。

「綺羅、こっちはもういいから、蜂谷の相手でもしてろ」

「えっ、そういうわけにはいかないよ」

「いいって。あとはカプレーゼだけだし」

残りのコーヒーをカップにそそいで綺羅に渡す。

「……れーちゃん」

「後片づけは頼むから」

ふたりをソファへ追いやって、玲音は料理の仕上げに取りかかった。

そうしている間に、蜂谷の来訪から一時間ほど遅れて、仕事上がりの志季も到着した。

エントランスの暗証番号を知っている志季は、いつもどおりに玄関まで上がってくる。もしもの事態を考慮して玄関の合鍵も預けているが、いままで使われたことはない。

いったん自宅に戻って着替えてきたらしい志季は、黒のジャケットにVネックのシャツとチノパンという、蜂谷よりも落ち着いた装いだった。

渡された手土産も、玲音の好きな甘口のワインと、綺羅の好きな焼き菓子だ。

「お疲れ。仕事は大丈夫か？」

「ああ、問題ない」

仕事が深夜に及ぶこともざらな志季だったが、最近は余暇を作ろうと調整しているらしい。ひとりの時間を仕事で紛らわす必要が無くなったのだと笑っていた。

「ごはん、もうできてるから」

「楽しみだな」

四人掛けのダイニングテーブルの上に、料理を盛った皿が所狭しと並べられる。

互いの恋人は隣に、兄弟は向かい合って座って食事が始まった。

大人組のグラスの中身はビールで、学生組はミネラルウォーターだ。

この顔ぶれで食事など、いったいどうなることかと案じていたが、それなりに会話も盛り上がる。

綺羅の大学での様子や、玲音が手がけた仕事で、いまだから話せる笑える出来事など。

基本的には玲音と綺羅の会話に蜂谷が混ざり、志季が頷くといった様子だが、流れる空気は和やかなものだった。

食事が進み、料理が半分ほど減ったころ、志季がポケットからスマートフォンを取り出した。マナーモードにしていたらしいそれが振動している。

「電話か？」

「ああ、藤堂《とうどう》からだ。悪いが、ちょっとはずす」

仕事場を借りると言って、志季は席を立った。

◇志季◇

玲音の仕事部屋に入って、スマートフォンを耳に当てる。

「藤堂か、なんだ？」

『なんだじゃないだろ。報告はどうした』

「ああ、悪い。届いてないなら、まだ俺の机にあるな」

事務所を出がけに指示を怠ったようだと素直に謝る。

『おいおい。いくら急ぎの用事があったからって、そんなことでは困るぞ』

「だから悪かったたって」

『おまえみたいな男でも、浮かれることがあるんだな。それで、夕食会の様子はどうだ。盛り上がってるか？』

やはりそちらが本命だったのかと、志季は相手にも伝わるようにため息をついた。

藤堂は急ぎでもない報告書のことでわざわざ絡《から》んでくるほど暇な男ではない。ただおもしろい話と人をからかうのが好きなだけだ。

「まあ、それなりに」

『それではわからん』

「そんなに気になるなら、おまえも来るか？」

『それは遠慮しておく。邪魔すると悪いしな』

多少の嫌味は通じたらしい。

こうして電話をかけてきておもしろがられるのも邪魔なのだが、藤堂的には大丈夫な範疇《はんちゅう》といったところなのか。

このまま通話を終えてしまいたいところだが、からかいの向こうに透けて見える藤堂の気遣いを知っている志季は、ため息よりも言葉を重ねた。

「玲音は大丈夫だ。心配だったが、けっこう楽しそうにしている。蜂谷への苦手意識が和らいでいるようだから、なにか気持ちの変化があったのかもしれないな」

『……そうか。それはなによりだ』

あくまで気軽な調子の短い返事に、どれだけの想いが込められているのか、つき合いの長い志季は察することができる。

チーム創立のきっかけとなったこの男は、基本的にクールな性格をしているくせに、懐に入れた者に対してはとことん甘くなる。身内へのさりげない心配りは、ときに無償《むしょう》の愛を感じるほどだ。

「心配をかけて悪かったな」

『まったくだ。おまえたちときたら、本当に見ていてじれったかったからな』

それを言われると、志季は返す言葉もない。

『でもまあ、綺麗におさまってくれてよかった』

「そういやおまえ、本当に玲音になにもしてないだろうな」

あれもこの男のおせっかいだと理解しているが、先日のパーティの夜の玲音外泊事件のことだ。

仕事の都合で迎えに行けなかった自分にも非はあるが、思い返すと、いまだに複雑な心境になる。

玲音が自分以外の男の部屋に泊まった。しかも朝までふたりきりで。

いい年齢の大人相手になにをと言われようと、泊めた男が長年の友人であろうと、志季が嫉妬するには十分な出来事だった。

電話の向こうで、ふっと笑った気配がする。鼻で笑われたのだと直感でわかった。

『それは西形に確かめるんだな』

「藤堂っ」

『じゃあな』

言いたいことだけ言うと、通話を一方的に切られる。

「……っ！　あいつ……！」

こういう男なのだ。経営者としての手腕は見事だが、友人としてつき合うには癖《くせ》がありすぎる。

余計に苛立《いらだ》ちがおさまらないでいると、

「志季」

薄くドアを開けて玲音が覗き込んできた。

「大丈夫か？　もしかして呼び出し？」

「いや、ちょっとした確認だった。藤堂はまだ事務所に残ってるらしい。羽生《はにゅう》からの連絡待ちで、ヒマなんだろ」

本当の目的は志季をからかうことだったが、迷惑な話だ。

「それより、いいのか？　ここに来て」

リビングからは、綺羅が楽しそうに話している声が聞こえてくる。

「まあ、ちょっとだけなら」

意味深に答えた玲音は、なにかを考えているような素振りで部屋のなかに入ってきた。そして後ろ手にドアを閉めると、なぜか声を潜《ひそ》める。

「なあ」

「うん？」

「まえから気になってたんだけど、藤堂と羽生って……やっぱりそういう関係だと思うか？」

羽生とは、チーム創立メンバーのひとりで、玲音が心を許している数少ない友人でもある。外見や雰囲気がまんま小動物みたいなイラストレーターだ。

「どうしてそう思った？」

「このまえ藤堂の部屋に泊まったときに、他の人の気配を感じたんだ。それで自然と羽生を思いだしたら、すごくしっくりきて。学生時代からあいつらの仲の良さは知ってたけど、気配がなじむくらいに他人の部屋で過ごしてるってことは、もしかしてそういうことなのかなって」

藤堂の部屋を訪ねたのは数えるほどで、それほど詳しいわけではないが、部屋の所々に家主のセンスとは違う物が飾られていたり、使いかけのものが残ったりしていた。

それはただの友人というには濃い気配で、自分にも覚えがあるからわかったのだと玲音は言った。

志季は正解を知っているが、なぜ玲音がそれを確かめようとしているのか知りたくなった。

「おまえの予想通りだとしたら、どうする？」

「羽生に謝る」

それは見事な即答だった。

「謝る？」

「ああ。知らなかったとはいえ、恋人の部屋に別の人間が泊まったら、やっぱりいい気分はしないだろう。それに誤解させるのもかわいそうだ」

そのあたりは藤堂がうまく立ちまわっているだろう。抜け目のない男だから、玲音が心配するようなことにはならないはずだ。

藤堂とのつき合いも長いのだから、その性格も行動もよく知っているはずなのに、それとこれとは別の話だと考えているらしい玲音の瞳に迷いはない。

そんな潔《いさぎよ》い強さが、志季には眩《まぶ》しくて誇らしかった。

「それなら、羽生に確かめてみたらどうだ」

「えっ、本人に直接!?」

さすがにそれはどうだろうと、玲音は頭を抱えて悩み始める。

玲音が羽生に真相を確かめて、それで羽生が慌てたら、遠まわしだが藤堂へのいい意趣《いしゅ》返しになるだろうと意地の悪いことを考える。

玲音との関係が進展するきっかけを作ってくれたことには感謝するが、玲音と一晩過ごしたことはやはり許しがたい。

「……そうか。これが玲音の言う、いい気分はしないってやつか」

立場は羽生と逆だが、己の独占欲の強さを実感して志季は苦笑した。

「志季？」

玲音はそんな志季の心情に気づきもせず、どういうことだと首を傾《かし》げる。

「いや、なんでもない。羽生に謝るなら、そのときは俺も一緒に行こう。誤解しないように事情を説明したいからな」

「わかった。ありがとう、志季」

ふわりとほころんだ玲音の微笑みに、疑いの色はない。

表向きは玲音のフォローのため。その裏には羽生にも自分たちの関係を明言するという利己的な意図があるのだが、玲音は思いつきもしないようだ。

賢くて警戒心が強いくせに、信じた相手には驚くほど対応が甘くなる。

そんなところも玲音の魅力なのだが、危なっかしいことに変わりはない。

志季は、やっと手に入れた恋人を宝物のように大切にしようと、あらためて心に決めた。

「そろそろ戻るか。いつまでもふたりで部屋に籠っていたら、綺羅くんがやきもきするぞ」

「えっ、それはまずい」

慌ててドアが開かれる前に、玲音の腕を捕まえて、すべらかな頬にキスをする。

「志季っ！」

これくらいのことで未だに赤くなる恋人が、可愛くてたまらない。

明日は休日で、急ぎの仕事も懸念する案件もない穏やかな夜。

どうすれば恋人をうまく自分の部屋へつれ帰れるだろうかと、志季は笑いをこらえながら考えをめぐらせた。

◇綺羅◇

多めに作ったはずの料理は、見事に四人の胃袋のなかへ消えた。

使い終えた皿をキッチンに下げ、食洗機に入りきらなかった大皿やグラスを洗っていると、志季がやってくる。

「新しいグラスをもらえるかな」

「はい、どうぞ。好きなのを持っていってください」

手が洗剤で泡だらけなので、目線だけ食器棚の方へ送った。

自分はもうなにも入らないくらい満腹だが、大人組は食事の途中から飲み物をワインに変えて、まだ飲み続けている。

「これが片づいたら、おつまみの追加を用意しますね」

チーズを多めに買っておいてよかったと、綺羅は簡単に作れるレシピをいくつか思い浮かべる。

「ありがとう。それから玲音が、蜂谷のお土産が冷蔵庫にあるのを言いそびれてたそうだ」

「えっ？」

泡を洗い流した手をタオルで拭いて、冷蔵庫を開けてみると、なかに白い箱がおさまっていた。しかも綺羅が好んでよく買う洋菓子店のロゴが入っている。

「やった、ケーキだ」

もう満腹でなにも入らないと思っていたが、甘いものは別腹だ。

つまみを作り終えたら、蜂谷も食べるか訊いてみよう。

蜂谷はソファに移動した玲音とテレビ画面に見入っている。見逃した映画が地上波で放送されていて、途中までは綺羅も一緒に見ていた。

「俺も手伝おう」

食事の途中でジャケットを脱いでいた志季が、シャツの袖をまくってスポンジを手に取る。

「あっ、いいですよ志季さん。あと少しなので」

「でもひとりじゃ大変だ」

「料理はれーちゃんが頑張ってくれたから、片づけはオレがする約束なんです」

スポンジを受け取って交代しようと手をのばすが、志季は丁寧《ていねい》にグラスを洗い上げていく。

「片づけたらつまみを作るんだろう？　早く作って向こうへ戻ろう」

どうやら綺羅がキッチンにひとりで残るのを気にしてくれているようだ。

「すみません。じゃあ、お願いします」

ここは遠慮なく甘えることにして、綺羅は再び冷蔵庫を開いた。

料理がこってりとした洋食だったので、あっさりしたものがいいだろう。

そう判断して、取り出したきゅうりを切りながら、綺羅はちらりと隣に視線を向けた。

家事能力も高いらしい志季は、あらためて見ると、やはりかっこいい大人の男だ。

玲音が心を奪われても仕方がないと、客観的に見れば納得できる。

そんな玲音は、最近ますます綺麗になった。元から美しい人ではあったが、志季と想いが通じ合ってから、格段に変わったのだ。

どこかその身につきまとっていた陰《かげ》が払拭《ふっしょく》されて、キラキラと輝きが増した。そして瑞々《みずみず》しいというか潤《うるお》っているというか、はっとするような気配をまとうようになった。

見慣れている自分でも目を奪われるくらいなのだから、おいそれと外を歩かせるのが心配になるくらいだ。

それもこれもみんなこの人のせいなのだと思うと、気分は少々複雑だった。

影響力の大きさに嫉妬するけれど、玲音の良い変化を目の当たりにしているだけに、ふたりの関係を認めないわけにはいかない。

兄の幸せは、志季の手にかかっている。

ずっと以前から気づいていたのに、知らないふりをしてきたのは自分だ。

「志季さん」

「うん？」

洗ったフォークを水切りかごに入れていた志季がこちらを向く。

「志季さんは、兄のことをどう思っていますか？」

突然の質問に戸惑っているのだろう。水流を止め、真意を探るようなまなざしで綺羅を見下ろしてくる。

「いきなりどうしたんだ？」

「答えが知りたいんです」

本気なのが伝わったのだろうか。志季は濡れた手をタオルで拭うと、長身をほんの少し屈めて綺羅の目をじっと見つめてきた。

「玲音のことは、世界中の誰よりも愛しいと思っているよ」

「……誰よりも？」

「そう。心から愛しいと想う、たったひとりの人だ」

答える志季の表情は真剣そのもので、綺羅の胸に湧きあがってきたのは安堵《あんど》だった。

もっと複雑な心境になるだろうと思っていたのに、反対に温かな気持ちになる。

「綺羅くん」

「はい」

「きみの兄さんを、いずれ貰《もら》ってもかまわないか？」

言葉でちゃんと確認されたのはこれが初めてだった。

「それは……っ」

ずっと志季のことが苦手だった。いつか自分から玲音のことを奪っていく悪い男だと思ったこともあった。

けれども志季は、本当に綺羅の隣から玲音を奪うようなまねはしなかった。ただ傍にいて、自分たち兄弟を見守ってくれていた。

本当は寂しいだけではなく、悔しかった。

学生の身で弟を育てる兄の力になりたいと願っても、幼い自分は無力で。

玲音を支えられる志季が羨《うらや》ましかったのだ。

綺羅はぐっと背筋をのばすと、まっすぐに志季を見据《みす》えた。

「いいですよ。れーちゃんが、そうしてって言ったら、叶《かな》えてあげてください」

それでも自分たちが兄弟であることに変わりはないから。

「……ありがとう」

「お礼を言われることじゃないです。れーちゃん次第ってことですからね」

わざと厳《いか》めしい表情を作って、玲音が望まなければ現実にならない話なのだと念をおしておく。

自分から玲音の背中を押してあげる覚悟は、まだ持てない。
けれどもその日が訪れるのは、そんなに遠くはないのかもしれなかった。

◇蜂谷◇

このマンションに恋人は泊めない。一緒に過ごしたいときは相手の部屋へ泊まりに行くこと。

西形兄弟が決めた新たなルールだったが、今夜だけは特別だった。

いつもより多くグラスをあけた志季の帰路を心配して、せめて酔いが醒《さ》めるまで休ませたいと玲音が言いだしたからだ。

醒めるのを待っていたら朝になると志季が苦笑し、それなら不公平にならないように蜂谷も朝まで休ませようと、おかしな成り行きで蜂谷は現在、綺羅の部屋にいる。

すっかり夜も更けた時刻。

酒を飲んでいない学生組は交代でバスルームを使い、蜂谷は以前も借りたシャツとスウェットパンツに着替えていた。あれからずっと綺羅の部屋に置いたままで、玲音に返しそびれていたそうだ。

フローリングに敷かれた毛足の長いラグの上に寝そべり、雑誌のページをめくっていると、綺羅がぼそりと呟いた。

「そういう格好でごろごろしながら雑誌を読んでても、絵に描いたように様になるって、どういうことだよ」

ベッドにもたれて文庫本を開いていた綺羅が、のばした爪先で太股をつついてくる。

「このモデルめ」

「それ偏見でしょ。それに読んでるのは、おしゃれなファッション誌じゃなくて、ゲーム雑誌なんですけど」

ちょうど眺めていた特集ページを持ち上げてみせると、おかしそうに綺羅が噴き出した。

「ほんとだ。いっきに身近になった」

蜂谷は雑誌を閉じると身体を起こす。

「なに？　モデルの俺は嫌ですか？」

「んー、どうだろ。どっちも蜂谷だし。でもあまりモデルの蜂谷を見たことがないから、いつものほうが親しみを感じてるかな」

考えながら答えた綺羅は、蜂谷のバイトのことを知ってからも意外なほど態度が変わらなかった。

いままでの経験上、モデルだと知った途端に見る目を変えた人たちのように、特別視することも媚《こ》びることも、忌避《きひ》することも厭《いと》うこともなく、それまでと同じように他愛のない話を聞いてくれた。

玲音も同じ仕事をしていたので免疫があるのかもしれないが、蜂谷にとっては惚れ直したといってもいいくらいに嬉しいことだった。

意識してそうなったわけではないが、モデルをしているときの自分は、やはり素の自分とは違う。

だから誌面や映像のなかにいる蜂谷のほうが素敵だと言われると、当然複雑な気持ちになるし、へこみもする。

素の自分を受け止めてほしいなんて、夢のような甘い考えだととうに知っていたけれど、まさか叶えてくれる恋人ができるとは思わなかった。

しかもその恋人は、一目惚れしたまま、ずっと忘れられなかった人で……。

蜂谷は素直に手のなかにある幸福をかみしめた。

そんなことを考えている間に、綺羅のほうもなにか答えを導き出したようだ。

「……でも、そうだよね。やっぱりモデルの仕事にも、もっと興味を持ったほうがいいよね」

いい考えだと、しきりと頷いている。

「そんなこと、気にしなくていいですよ」

「だって、ちょっとグチって発散したいときとか、迷ってるときとか、なにも知らないままじゃ、力になってあげられないし、困るでしょう」

「いいんです。むしろ綺羅さんには、そのままでいてほしいかな」

「……蜂谷がそう言うなら」

きゅっと唇を結んだ表情は、納得したわけではないようだが、綺羅は折れてくれた。

「ありがとう、綺羅さん。その気持ちだけでも嬉しかったですよ」

綺羅のなかで、自分の存在がまた少し大きくなっているのが実感できた。

「そんな……お礼を言われるようなことじゃないよ」

綺羅は照れくさそうに目元を赤くそめると、そそくさと文庫本に視線を落とす。

その横顔は、見惚れてしまうほど透明感が増していた。愛らしい顔立ちなのは知っていたが、雰囲気に落ち着きが加わって、綺麗になった気がするのだ。

土産に持参したスイーツを食べているときから感じていたことを確かめるために、蜂谷は話題を変えた。

「綺羅さん」

「うん？」

「雰囲気がやけに穏やかですね。なにかいいことでもありました？」

思いがけない問いかけだったのか、綺羅は自分の頬を手のひらでおさえながら、不思議そうに小首をかしげた。

「そうかな」

「ええ。ちょっと見惚れて困るくらいに」

「なんだよそれ……」

また照れたように頬を赤らめた綺羅は、文庫本を閉じて脇に置くと、正面から向き合うようにラグの上に座り直した。

「いいことってわけじゃないけど、志季さんと話をしたんだ。そのせいかな」

綺羅はキッチンでの志季とのやり取りを教えてくれた。

「そんなことがあったんですね」

「ほっとしたというか、気持ちが楽になったよ」

綺羅が志季に抱いていた複雑な感情を知っているだけに、その言葉は嬉しいものだった。

「壁をひとつ乗り越えることができたんですね。よかった」

「寂しいのは変わらないんだけどね。これかられーちゃんは、ますますあの人のものになっていくだろうし。きっと兄弟でいる時間だって減っていく。でもまえほどは嫌じゃない。それは本当なんだ。心から納得できるようになるまでは、もう少し時間が必要なのかもしれないね」

まだ後ろ向きともとれる言葉だったけれど、前向きな瞳は明るく澄みきっている。

「それでもいいじゃないですか。ゆっくりいきましょうよ」

「蜂谷がそんなふうに言ってくれるから、勇気を出せたんだと思う。ありがとう」

まっすぐに自分を見つめてくる瞳は、その名のとおりにキラキラと輝いていて、蜂谷の心をわしづかんだ。

気持ちのままに華奢《きゃしゃ》な身体を胸に抱き寄せ、きつく腕のなかに閉じ込める。

驚いたのか緊張したのか、一瞬で身体が固くなったが、それも次第に柔らかくほどけてきた。

おずおずと胸にもたれてくる、その慣れないしぐさが愛らしくてたまらなくて。

そのままラグの上へ押し倒してしまいたくなったが、蜂谷は堪《こら》えた。

キスだけで赤くなって震える綺羅に、その先は急がないと約束した。

ようやく安心してもたれてくれるようになったのに、信頼を裏切りたくはない。

蜂谷にとって長い夜の始まりだった。

◇志季◇

「玲音」

「んー？」

「水を飲むか？」

「……いる」

ぐったりとベッドに横たわっていた玲音に、冷たいミネラルウォーターをそそいだコップを渡してやる。

一気に飲み干して口元を拭うしぐさも、酔いのせいでほんのりと赤く染まった目元も、いつにもまして艶《つや》やかだ。

酔いが醒めるまで休んでいけと気遣ってくれたのは玲音の方なのに、気づけば介抱する役割は逆になっていた。

「機嫌よく飲んでたな」

言葉の端に、あの蜂谷が同席していたのにと含ませると、玲音は上機嫌で笑った。

「まあね。綺羅が言ってた、悪いやつじゃないってのは納得できたからな」

「それはまた、どうして？」

「綺羅に対する想いとか、覚悟とかを聞かされたんだよ」

どうやら蜂谷とふたりで会話する機会があったらしい。

話すことで気持ちが楽になったのだろう。

「悔しいけど、大丈夫かもって気持ちにさせられた」

小さく頷いた玲音は嬉しそうだった。

それだけで、賭《か》けにも近い食事会を勧めたかいがあったと、志季は今夜の成り行きに満足した。

飲み干して空になったコップを受け取り、体温の高い身体を再びシーツの上へ寝かせてやる。

「志季」

「うん？」

「志季の言ったとおりだった。ありがとう」

ふわっと浮かべた笑顔は妙にあどけなく、また無防備なもので、志季の心を激しく揺さぶる。

こちらも心地よく酒が入っている状態なのに、それはないだろうと苦笑がうかんだ。

「玲音、おまえ……」

ゆったりとしたサマーセーターの襟ぐりから、綺麗な鎖骨が覗いている。

「これで我慢しろって……？」

我慢せずに唇を寄せると、緩く胸を押し返された。

「ダメだよ」

「つれないな。ちょっとだけ触らせろ」

反対される前にキスで唇を塞いで、たくし上げたセーターの裾から手を入れた。

なめらかですべすべな肌の感触を楽しみつつ撫で上げていくと、指に引っかかるものを見つけて、指先で転がすように遊んでやる。

びくりと背中を浮かせて仰け反った玲音の、肩をつかんで押し返そうとする手に力が入るが、志季は深く舌を絡《から》めたキスを解かないまま、いつもより性急に胸の尖りを刺激していく。

それが固くなってくると、玲音はもじもじとせつなそうに膝をすり合わせ始めたので、ようやくキスから解放してやった。

荒い呼吸をくり返す玲音が、咎《とが》めるように睨《にら》みつけてくる。

「……志季…っ」

そんなに潤んだ瞳で責められても、こちらを煽《あお》るだけだ。吸われて赤く熟《う》れた唇も、熱のこもった吐息も、なにもかもが志季を狂おしく惹きつける。

「このままじゃ苦しいだろう」

素早くカーゴパンツのボタンをはずして、すでに熱くなっているものに手を這《は》わせる。

「バカっ」

素早く膝《ひざ》を閉じられたけれど、志季の方が早かった。下着越しに触れたものを愛撫してやると、我慢できずに甘い声をこぼし始める。

「も……やめて…っ」

「これだけ熱くなってるのに、ここでやめて我慢できるのか？」

「あんっ、や……だっ…て……」

強めに刺激してやると、感じやすい玲音は震えながら身を捩《よじ》った。

本当に少し触るだけのつもりだったのに、ここまでくると、さすがに志季も自分の欲を堪えられなくなる。覚悟を決めて邪魔なカーゴパンツと下着を足から引き抜くと、隠すものが無くなった玲音の高ぶりを直に手のひらで包んだ。

玲音も抵抗しきれないところまできているようで、拒む代わりにぎゅっと口元を押さえている。

「んっ、ん……っ」

手の甲で口を塞いで、大きな声がでないように必死に耐えている様子がいじらしくて、もっといじめてみたくなる。

だが焦らすのもかわいそうなので、志季は火照った玲音の頬やこめかみにキスを送りながら、愛撫する手を強めてやった。

腰を揺らしながら欲望を吐き出した玲音は、ぐったりと脱力して、荒い呼吸をくり返す。

いったあとの艶めかしい表情を堪能しながら、慎《つつ》ましやかに隠れている後ろに指を這わせると、思いのほか強い力に腕をつかまれた。

「ダメ…っ」

快楽に潤んでいる玲音の目に、じわりと涙が浮かぶ。

「そこは……ほんとにダメ」

頼りない声なのに、はっきりとした拒絶がにじんでいた。

答えがわかっているくせに、志季は訊ねてみる。

「どうしても嫌か？」

「だって……向かいの部屋に、綺羅がいる」

安普請のアパートと違って防音設備の整った高級マンションだ。少々物音を立てたところで気づかれることはないというのに、玲音はいまにも泣き出しそうな顔をしている。

「明日、綺羅の顔が見れなくなる」

そんな顔をされて、志季が無理を通せるはずがない。

「……悪かった」

志季はため息をこぼすと、先へ進もうとのばしていた手を戻した。

手早く後始末をしてやり、下着を元通りにつけさせて、少し迷ってセーターは脱がせて腕のなかに抱き込む。

とっさに抗われたことに寂しさを感じながら、それも自業自得かと、玲音を抱きしめたままベッドへ横になった。

玲音の前髪をかきあげ、額にキスをしてやると、ほっと安心したような吐息がこぼれる。

「……志季」

「うん？」

「おまえ……こんな強引なやつだったのか」

恨めし気に睨まれても、シャツをつかんで離さないのでは可愛いだけだ。

今度は頬にキスをすると、玲音はくすぐったそうに肩をすくめた。

「もう寝てしまえ」

「……うん」

小さく頷いた玲音の頬は、まだ快楽の余韻《よいん》が残っているのか淡く色づいている。

瞳も誘うように潤んでいるのに、これ以上はどうにもできないのがもどかしい。

手に入れるだけでは満たされない。すべてを奪ってしまわないと気がすまない。欲深い男だと自覚するのは、きまって玲音に関することだけだ。

「玲音」

「……ん？」

半ば眠りかけていたらしい玲音の耳元にささやく。

「いまは我慢してやるから、起きたら玲音からキスしてくれ」

それくらいならいいだろうと訊ねると、

「わかった。約束……な」

本当にわかっているのか、眠そうな声が答えてくれた。

志季は満足げに笑みを深くすると、玲音の柔らかな髪に頬を寄せる。

そして朝がくるのを楽しみにしながら目を閉じた。

お兄さんの恋人の悩みごと

◇志季《しき》◇

「……どうしてこうなった」

がっくりとした気分でセミダブルのベッドに腰を下ろせば、もうため息しか出なかった。

「本当に……こうなるとは思ってもみませんでした」

同じようにツインのもう片方のベッドに座っている蜂谷《はちや》も、見るからに落胆した顔をしている。

どちらからともなく目を合わせれば、浮かんでくるのは苦笑いばかりだ。

いくら蜂谷が現役のモデルで容姿が抜群に整っていようと、なんの慰《なぐさ》めにもならない。

この状況が不本意なものであり、空《むな》しいことに変わりはない。

「……潤《うるお》いがない」

すでに恋しくなっている恋人のはにかんだ笑顔と、目の前にいる蜂谷とを比べて、志季はますます落ち込んだ。

「それはこっちのセリフですよ」

心外だと言い返されても、気持ちがわかるだけに腹も立たない。

「まあ、今夜も諦《あきら》めるしかなさそうだな」

「……そうですね」

深くて重いため息がふたつこぼれる。

こんなはずではなかったのにと、志季は天井を仰いだ。


事の始まりは、藤堂《とうどう》が差し出した一通の白い封筒だった。

チームの事務所の廊下を歩いているときに、代表室から出てきた藤堂に呼び止められ、個人的な話だと前置きされて渡されたのだ。

「……プライベートビーチつきのコテージ？」

「ああ。知人から宿泊招待券を貰《もら》ったんだが、俺は生憎《あいにく》とゆっくりバカンスを楽しむ時間が取れそうになくてな。無駄にするのもなんだから、おまえ使わないか？」

受け取った封筒を開いて中身を確かめると、とあるリゾートグループの名前が印刷されたチケットが一枚入っていた。コテージひと棟《むね》を二名で利用できるらしい。

どことなく高級感が漂うそれに、志季は目を細めた。

「それはありがたい話だが、いいのか？」

「ああ。西形《にしかた》の仕事も順調そうだし、三泊四日くらい都合がつくだろう。それにおまえも有給がたまりすぎてるんだ。少しくらい消化してくれ」

そう言って苦笑した藤堂は、大学の同期で友人だが、勤務している事務所の代表で上司でもある。

その上司が休暇をくれるというのだから、ここは素直に甘えるべきだろう。

「それじゃあ、遠慮なく使わせてもらう。ありがとう」

「どういたしまして。せいぜい楽しんできてくれ」

太っ腹な上司は、なんだか意味深な笑みを浮かべながら、自分の執務室へと戻っていった。

常日頃は仕事人間を自覚している志季だが、南国のリゾートと聞けば、やはりその魅惑《みわく》的な響きに心くすぐられる。それを恋人とふたりきりで満喫できるのだ。

せっかく海へ行くのなら、陽射《ひざ》しがさんさんと降りそそぐ暑い日がいい。

季節はすでに七月の下旬に差しかかっている。

志季はさっそく上着のポケットからスマートフォンを取りだした。

「プライベートビーチつきのコテージ!?」

旅行の話をきり出すと、玲音《れおん》も自分と同じ反応を返してきた。

仕事帰りに立ち寄った、西形家のダイニングキッチン。

玲音は志季の向かい側に座ってアイスコーヒーを飲んでいる。

「タダでくれたのか？　藤堂が？」

「ああ。無駄にするのもなんだからと言っていた」

「あとでとんでもないスケジュールを入れられたりしないだろうな」

玲音は不安のあまり、グラスに差したマドラーをぐるぐるとかき混ぜている。グラスのなかで、氷がカランと涼しげな音を立てた。

「せっかくの機会だから早めに行こうと思うんだが、日程を決めるのは俺に任せてもらってもかまわないか？」

玲音の手作りの夕食をごちそうになりながら、ここへ来るまでに考えたことを話す。

ちなみに今夜のメニューは和食が中心だ。小鉢に盛られた肉じゃがは、志季の好物のひとつで、よく味がしみていてとてもおいしい。

「うーん……」

玲音の浮かない顔つきは、意外な反応だった。てっきり喜ぶと思ったのだが。

「なんだ、旅行は気乗りしないか？」

やはり人ごみに出かけるのは苦痛なのだろうか。

「そうじゃないけど……」

玲音が言いよどんだそのときに、廊下の向こうでドアが開く音がして、綺羅《きら》がリビングへとやって来る。

「志季さん、いらっしゃい」

「お邪魔《じゃま》してるよ」

綺羅は挨拶《あいさつ》だけしてキッチンに入ると、冷蔵庫を開ける。

「なあ、志季。綺羅も一緒じゃダメか？」

「えっ？」

「追加分はオレが払うし、おまえに負担はかけないから」

「オレ？　なんのこと？」

冷えた麦茶を飲んでいた綺羅は、自分の名前が出たのが気になったようで、グラスを持ったままテーブルの傍までやって来た。

「まあ、座って」

促されて綺羅が着席すると、玲音は先ほど志季が話した旅行のことをそのまま説明した。

「そんなの、せっかくだからふたりで行ってきなよ！　……って言いたいところだけど、海辺のコテージかあ。いいなあ……」

そう言うと、どこか遠くを夢見るように、瞳をキラキラと輝かせる。

兄の楽しみは邪魔をしたくないが、やはり本音は心惹《ひ》かれるのだろう。なんといっても南国のリゾートだ。

「そうだろう。せっかく大学が夏休みなのに、どこへも遊びに連れて行ってないし。こんな機会はめったにないんだから、一緒に行こう、綺羅」

そういうことかと志季は納得した。未だに弟が大好きな玲音は、綺羅を家にひとりで残して自分だけ遊びに行くことに気兼ねしているのだろう。

玲音らしいと言えばそのとおりなのだが、少しばかり複雑な気分でもある。

「でも……本当にいいの？　どう考えてもオレはお邪魔になるのに」

綺羅の遠慮がちな視線がこちらを向く。

「かまわないよ。綺羅くんも一緒に行こう」

志季は頷いた。自分が承知しなければ、きっと話が前へ進まない。最悪の場合、玲音が行かないと言い出すかもしれない。

これも家族サービスだと思えばいい。玲音と旅行できることには変わりないし、きっと夜には独占できるはずだ。

「ありがとうございます、志季さん」

綺羅は嬉しそうに笑い、そしてちらりと玲音を上目づかいに見た。

「……れーちゃん、あのね……」

そしてなぜか、もじもじとなにかを言いにくそうにしている。

しばらく兄弟は見つめ合っていたが、そのうち玲音が、はあっとあからさまにため息をついた。

「……わかったよ。志季、追加はふたり分にしてくれ」

「なに？」

「蜂谷も誘いたいんだろう」

「……れーちゃん！」

いまのやり取りだけで、玲音は綺羅の言いたいことがわかったのか。

まったくわからなかった志季は、たいした兄弟愛だと素直に感心した。

「ただし、あいつもバイトで忙しいはずだから、日程を合わせるのに無理をしないこと。それが守れないなら、一緒に行く話はなしだ」

まさかの玲音から許可されて、感極まったらしい綺羅が、がばっと玲音に抱きつく。

「れーちゃんありがとう！　大好き！」

弟に抱きつかれた玲音は、でれでれと嬉《うれ》しそうに笑み崩れている。

「はいはい。オレも愛してるよ」

そんな甘いセリフは、恋人の自分でも言われたことがないのに。

愛しい恋人が完全に自分のものになるには、まだまだ時間がかかりそうで、志季はため息をつく代わりに夕食の残りを口へ運んだ。


瞬《またた》く間に時間は過ぎて、暦《こよみ》は八月に入った。

真夏の良く晴れた吉日に、西形兄弟とその恋人たちは、飛行機に乗って空へと旅だった。

数時間後に到着した空港から、専用のシャトルバスに乗ってたどり着いたのは、美しい大自然に佇むオアシスだと謳《うた》われる広大なトロピカルリゾート施設だ。

「うわっ、なんだかすごくない？」

荷物を手にバスを降りた玲音が驚くのも無理はない。

目の前に広がる景色を見渡していた志季も、同じ気持ちだったからだ。

南国気分を盛り上げるヤシの木が遠くまで立ち並び、その間に白壁の建物が見える。

「どこまでがホテルの敷地かわからないね」

続いて降りてきた蜂谷と綺羅も、目を丸くして顔を見合わせている。

出迎えてくれた接客スタッフに導かれ、ビジター・アライバル・センターでチェックインの手続きをすませると、宿泊予定のコテージへと移動した。

ハイビスカスが美しい庭園の脇を通り抜けて進むと、褐色《かっしょく》のタイル敷きの小路《こみち》の先に、南国らしい草花とヤシの木で飾られたモダンな白い建物が建っている。

海岸沿いに建つ小ぶりな平屋を想像していた志季は、まるで邸宅のような二階建ての前へ案内されて驚いた。

左右にも同じような造りのコテージが、宿泊客のプライベートが保てる程よい距離を開けて並んでいる。

小ぶりの門扉《もんぴ》を開け、続く石畳のその奥にある両開きの白い扉から入ったエントランスで、いくつかの設備に関する簡単な説明を受けた。

このリゾートでは、食材と日用品の配達やドライクリーニング、メイドサービスなどが受けられるらしい。ゲストの施設として専用のスイミングプールやジャグジーがあり、メインゲートを出てすぐ近くのエリアには、スポーツ・フィットネスクラブや、スパトリートメントが受けられる施設もあるそうだ。

他にも快適に過ごすためのサービスが充実しており、詳しいことは室内にあるパンフレットを参考にしてほしいと、スタッフは笑顔で帰っていった。

至れり尽くせりの環境に、一同は言葉が見つからない。

「なんだかここ、高級リゾートってやつじゃないの、もしかして……」

なぜか早口で言った玲音が、気後れしたようにエントランスを見回す。

「うん。こんなに豪華なところに泊まるの初めてだよ」

綺羅も玲音と一緒になって周囲を気にしている。

「藤堂の厚意だからって、気楽に来てしまったけど、想像以上だよ」

「まあ、とりあえず、ひと休みしよう」

志季の一言で、それぞれエントランスに運び入れられていた荷物を取る。

夕食にはずいぶん早い時間だし、ひとまずお茶でも飲もうという流れになった。

「確か、ウェルカムドリンクがあるって言ってたよね」

観光などの予定をなにも決めていないので、海を眺《なが》めながらアルコールを飲むのもいいかもしれないと気を取り直してドアを開けた玲音が、

「うわあ……っ」

なかへ入るなり感嘆のため息をもらした。

そこは天井が高くて広々とした、明るいリビングルームだった。白壁にホワイトオークの床。シーリングファンが吹き抜けの天井でゆったりと回っている。

スタッフの説明では空調はセントラルエアコンで、コテージの隅々までいつでも快適な温度が保たれているそうだ。

壁にかけられたテレビに向かって、コの字の形に置かれた白いソファセット。

その奥が掃出《はきだ》し窓になっていて、ガラス窓の向こうに青い海が見える。

リビングの隣には、独立したダイニングエリアがあり、天板がガラス製の六人掛けのテーブルが置かれている。

その手前にあるのが大理石が使われたフルキッチンで、ダイニング側の一部がカウンター席として使えるようになっている。

キッチンからさらに戻ったところが、大型洗濯機と乾燥機に、アイロン台まで完備したランドリー

ルームという間取りだった。

たった三泊で帰ってしまうのが惜しいほど充実した設備に、今度はふたりきりで来るのもいいかもしれないと考えていたとき、

「志季！」

さっそくコテージ内を探検していた玲音が、いつになくはしゃいだ声で自分を呼んだ。

リビングの掃出し窓から外へ出ると、そこは木製のデッキチェアとテーブルが並んだプライベートテラスだった。眺めを遮《さえぎ》るものはないこのテラスに座っていると、きっと白い砂浜と青い海を独り占めしている気分になれるだろう。

「どうした？　玲音」

「見てよ志季！　ガスグリルがある！」

テラスの端からこちらを振り向いていた玲音の横に並ぶと、そこにはガスグリルが二台完備されたカウンターがあった。

「バーベキューができるな！」

玲音はきらきらと瞳を輝かせて、さっそく綺羅にも教えに行った。

めったに外出しない玲音なので、移動の疲れが心配だったが、楽しそうな様子に安心する。

リビングに戻った志季は、内線電話を一本かけてからソファに座った。

窓の向こうから聞こえてくる波の音に耳を傾けながら寛《くつろ》いでいると、綺羅と蜂谷も一緒になって、二階の寝室を探検してきた玲音が階段を下りてくる。

「玲音」

「なに？」

「コンシェルジュに頼んでレンタカーを借りたから、届いたら買い出しに行かないか？」

門扉の横には車が二台収容できる専用ガレージがあって、頼めば選んだ車をすぐに届けてくれる。

「そうだね。食材を買わないとね」

キッチンの収納棚には、パスタや缶詰のスープといったストックできる食材がいくつかサービスで用意されていたが、さすがに生鮮食品は購入しなければいけない。

食材を揃《そろ》えておけば、ずっとコテージから出ないで寛ぐことも可能なので、志季はさっそく近場のスーパーマーケットへ行くことにした。

結局は四人揃って買い物に出かけ、せっかくの初日なので手近なレストランで夕食をすませた。

買い込んだバーベキューの材料は、明日の夕食に使われることになる。

大人組は軽めのアルコールを、学生組はトロピカルドリンクを飲みながら、間接照明でムードのいいリビングで寛ぐ。

そのうち広いソファの上で横になっていた綺羅が、眠そうな顔でぼんやりし始めた。

「綺羅、眠いならベッドへ行くぞ」

「そうだな、そろそろ休むか」

玲音の一言で全員が立ち上がり、テーブルの上のグラスや皿を片づける。

リビングの隅にまとめて置いていた荷物を持って、寝室のある二階へと上がった。

このコテージは2《ツー》ベッドルームで、それぞれの部屋にバスルームとベランダがついている。

マスターベッドルームにはキングサイズのベッドが一台。もうひとつの部屋にはセミダブルサイズのベッドが並んで置かれ、ツインルームになっていた。

「それじゃあ、オレと綺羅はこっちで寝るから」

マスターベッドルームのドアの前で立ち止まった玲音が、綺羅の腕をつかんで言った。

「えっ？」

驚いた声を出したのは蜂谷だったが、志季も耳を疑った。

ドアを開けてさっさと部屋に入ろうとする玲音の肩を、慌《あわ》ててつかんで引き留める。

「ちょっと待て。どうしてそうなる」

「そうですよ、綺羅さん。どうしてですか」

蜂谷も納得がいかないようで、必死に綺羅に訊《たず》ねていた。

「ここは当然、恋人同士が同じ部屋を使うべきだろうが」

「そういうわけにはいかないんだよ」

「なにがいかないのか、ちゃんと説明しろ」

問い詰めると、玲音はどこか言いにくそうに視線を逸《そ》らしていたが、

「玲音」

少し口調を強めにすると、観念したように肩をすくめた。

「綺羅、先にバスルームを使っていいぞ」

「わかった、じゃあお先に」

「綺羅さんっ」

「ごめんね蜂谷。また明日ね」

綺羅はあっさりとそう言うと、マスターベッドルームのなかへ入って行った。

「蜂谷はそっちね」

もうひとつの部屋のドアを示されると、

「……わかりました。おやすみなさい」

ため息まじりにそう答えて、蜂谷も先に部屋へと行ってしまった。

二階の廊下でふたりきりになったところで、志季はあらためて玲音の真意を問う。

「それで、なんで俺と同じ部屋じゃないんだ」

「だから明日はビーチに行く予定だろ」

夕食のときに、確かにそう予定をたてたので志季は頷《うなず》いた。

「だからこその部屋割りだ。おまえは大人しく蜂谷と寝てくれ」

「……理由がわからない」

「自業自得だってこと。おまえがどんなやつなのかは、もう身をもって知ってるんだからな。その気になってキスマークでもつけられたら、明日水着になれないだろ」

「……あとをつけないようにすればいいのか」

「バカっ、するのがダメなの！」

それはつまり、恋人らしい触れ合いはおあずけということなのか。

海辺のコテージで玲音と過ごせる夜を楽しみにしていただけに、それはかなりショックだった。

ふたりきりの時間もあるはずだから、家族旅行になっても譲歩できたのにと、肩をつかんでいた手に自然と力がこもる。

「……志季、怒った？」

はっと我に返ると、玲音が心配そうに眉を寄せていた。

「いや……」

怒ってはいない。がっかりしただけだ。

「休暇のために、かなり仕事を詰め込んでただろ。今夜はもう、ゆっくり休んで」

この旅行のために、できるだけの仕事を前倒しで終わらせてきたことを、玲音に気づかれていた。

隠していたことにちゃんと気づいて、心配してくれたのだとわかっただけで、今夜くらいは譲ってもいい気持ちになる。

「……わかった。おやすみ、玲音」

「おやすみなさい」

挨拶の軽いキスくらいなら許されるだろうか。

試してみたら、玲音は怒らなかった。

ツインルームの方へ行くと、蜂谷がベッドに座って頭を抱えていた。

「バスルーム、先に使ってもかまわないぞ」

いちおう大人の気遣いを示してやる。

蜂谷はのろのろと顔を上げ、落ち込んだ様子を隠そうともしなかった。

「志季さん」

「なんだ？」

「玲音さんは、なにか理由を言ってましたか？」

期待はずれな展開に、蜂谷も納得がいかないのだろう。ごまかす必要もないので、志季は本当のことを答えてやることにした。

「キスマークをつけられたら困るんだと。明日、水着が着られなくなるって」

「キスマーク……」

「すまないな。おまえには、とんだとばっちりだ」

蜂谷はようやく腑《ふ》に落ちたように頷いた。

「そっか……恋人ですもんね、おふたりは」

ベッドの上に荷物を広げ、着替えを取り出した志季が、にやりと色めいた笑みを浮かべる。

「おまえたちはまだなのか」

からかう気持ちで話を振ると、意外なことに蜂谷は食いついてきた。

「そうなんです。あの……人生の先輩として訊《き》いてもいいですか？」

「まあ、答えられることならかまわないが」

少しくらいなら話を聞いてやってもいいかと思い、ベッドの端に腰を下ろす。

「おふたりがその……深い関係になったのは、恋人になってからどれくらい後のことですか？」

予想はしていたが、本当にいきなりど真ん中の質問を投げられた。

「それを聞いてどうする」

「俺にとって綺羅さんは、なにもかもが初めてで、いつも手探り状態なんです。だから少しでもヒントを探したい。兄である玲音さんの話から、なにか得られるかもしれないですから」

綺羅は初恋の相手で、年上で、同じ性別で、いままで経験してきたことが通用するとは限らない。

だから怖いし、失敗したくないし、慎重になる。

「俺も男ですから、正直な気持ちは、あの人ともっと深い関係に進みたいし、いずれは頭の天辺《てっぺん》から足の先まで全部自分の色に染めてやりたいと思ってます。でもどこまでしてもかまわないのか見当がつかなくて。見極める方法ってあるんですか？」

思った以上に素直に胸の内をさらされたので、こちらも返さないといけない気になるから困った。

「俺たちの話は、あまり参考にならないと思うが」

「……というと？」

「恋人になる前に、すでに関係があったからな」

「……えっ？」

「まあ……いろいろと事情があって、当時はそうするしかなかった。でも俺はその後でとんでもないへまをして、随分と遠回りをするはめになった」

いまだから苦笑する程度で話せるが、後悔の念がすべて消えたわけではない。これからも玲音を抱きしめるたびに、無駄に費やしてしまった時間を胸の片隅で悔やむだろう。

「俺の経験上、あの兄弟は、こちらが遠慮していると向こうもそうするから、気づいたらその場で足踏み、そのままずっと停滞なんてことになりかねないぞ」

「マジですか」

蜂谷は胸の前で腕を組むと、真剣に考え込んだ。

「まあ、いくらでも悩め。それも恋のうちだ」

志季はそう話を締めくくると、

「先に使わせてもらうぞ」

バスグッズと着替えを持ってベッドから立ち上がる。

いつか蜂谷が願う色に綺羅が染まる日がくるのか、これからの楽しみがひとつ増えた。


久しぶりに目覚ましのアラームをセットしなくてもいい朝だった。

シーツに包まって眠る志季の頭になにかが触れて、意識が眠りの底からだんだんと浮上していく。

「……志季」

優しく名前を呼ぶ声が耳に心地いい。

「お寝坊さん。もうみんな起きて、朝ごはんを食べ終わったよ」

頬《ほお》に押しつけられる柔らかな感触。どうしてもそれを捕まえたくなって目を開けると、一番最初に見えたのは、恋人の愛らしい笑顔だった。

「起きた？」

玲音はベッドの端に腰をかけて、志季の寝起きの顔を見降ろしている。

「……ああ」

細い腰に腕をまわして引き寄せると、玲音が胸に倒れ込んできた。

「うわっ」

強く囲い込んで逃げられないようにする。

隣のベッドをちらりと確認すると、すでに蜂谷の姿はなかった。さっき玲音が朝食をすませたと言っていたから、きっと綺羅と過ごしているのだろう。

「ごめんね、先に食べちゃって。でも志季は疲れてるみたいだったから、ギリギリまで寝かせておこうと思って」

「ありがとう。おかげでよく眠れた」

「そう、よかった」

はにかむ笑顔が愛らしくて、すっかり目が覚める。

「早く起きて、朝ごはんを食べて」

「その前に、することがあるだろ」

「なに？」

志季の胸の上で首を傾《かし》げた可愛い恋人に、おはようのキスを送った。

挨拶にしては少々しつこく啄《ついば》んでやると、

「……もうっ、仕方がないな」

玲音からも唇を合わせてくれる。

こんなふうに恋人に起こしてもらう朝はいいものだと、心からしみじみと思う。

本格的にキスをしようとすると、やんわりと押し返された。

「はい終わり。いつまでも下りてこないなら、おまえだけ残してビーチに行くからな」

腕のなかから素早く抜け出した玲音を追いかけて、志季もゆっくりと身体を起こした。


夏の陽光が降りそそぐプライベートビーチに、デッキチェアとビーチパラソルを並べ、四人はランチの時間になるまでそこで過ごした。

玲音と綺羅がお互いに日焼け止めクリームをぬったり、志季も手伝ってやろうとしたら、真っ赤になった玲音に手つきがやらしいと断られたり。

波打ち際に立って、寄せては返す波が砂をさらっていく感触を楽しんだり、砂浜の砂を盛って、大仏のようななにかの建造物を作ってみたり。

ビニールボートを浮かべて波に揺られてみたり、パラソルの木陰《こかげ》でうたた寝してみたり。

四人は海でのリゾートを満喫する。

コテージにドリンクを取りに戻っている間に、玲音が男にナンパされたのには驚いた。

少しの間も目が離せないと、ひとりにするのが心配になる。

ただでさえ美人なのに、特に浜辺では、すべすべの白い肌を惜しげもなくさらしているのだ。引きつけられる男がいたとしても不思議ではない。

「むやみに肌を人目にさらすな」

志季が持参したメッシュのパーカーを羽織らせ、綺麗《きれい》な肌を包んで隠すと、

「暑いよ、これ」

そう文句を言いながらも、玲音はそのあともずっとパーカーを身につけていた。

遅めのランチのあとは昼寝をして、目覚めた者から好きなことをして過ごす。

少しくらいは観光もしようと、志季の運転でレンタカーを走らせ、近場にあるショッピングモールとスパリゾートも覗《のぞ》いてみた。

夕食は昨日のうちに買っておいた肉と魚介類をグリルで焼いて、テラスでバーベキューをした。

多めに買ったはずの肉を、あっという間に食べ尽くしてしまい、配達のサービスを利用するはめに

なってしまった。

南国の開放的な雰囲気がそうさせるのか、みんないつもよりも食が進み、蜂谷も食事制限を忘れて食べている。玲音も甘いカクテルをおかわりし、食事の間はずっと、ほろ酔い気分だった。

そうして迎えた二日目の夜。

志季は部屋替えの提案をしたのだが、玲音に素っ気なく却下された。

「明日はプールで泳ぎたいからダメ」

「抱きしめて眠るだけなら、かまわないだろう」

「それだけですむの？」

そう訊かれると、あまり自信がない。

ただでさえ玲音が傍《そば》にいると触れたくなるのに、今夜はまたアルコールを飲んでいるので、頬や耳たぶがほんのりと桜色に染まっている。しかも熱っぽく潤んだ目を向けられたら、我慢できるはずがないだろう。

「……おやすみ」

初日の夜と同様に、志季はツインルームへ向かった。

「……どうしてこうなった」

がっくりとした気分でセミダブルのベッドに腰を下ろせば、もうため息しか出ない。

「本当に……こうなるとは思ってもみませんでした」

同じようにツインのもう片方のベッドに座っている蜂谷も、見るからに落胆した顔をしている。

どちらからともなく目を合わせれば、浮かんでくるのは苦笑いばかりだ。

「……潤いがない」

「それはこっちのセリフですよ」

心外だと言い返されても、気持ちがわかるだけに腹も立たない。

「まあ、今夜も諦めるしかなさそうだな」

「……そうですね」

深くて重いため息がふたつこぼれる。

こんなはずではなかったのにと、志季は天井を仰いだ。

「明日の夜に望みをかけるか」

滞在最終日の明日は、ここを昼ごろに発《た》つ予定だ。水着に着替えてゆっくり海やプールで遊ぶ時間はないだろう。

「志季さん、俺たち、作戦を立てて協力しあったほうがいいんじゃないですかね」

「……というと？」

「兄弟をやんわりと引き離して、恋人同士の時間を作るんですよ。それには俺たちの連携が必要不可欠です」

蜂谷の提案も一理あると、志季は頷いた。

「それなら明日は別行動にするか。玲音はプールに行くと言っていたが」

「プールに惹かれているのは綺羅さんですよ。玲音さんはプールの後にジャグジーに行くのが楽しみなようです」

「それなら早めにジャグジーに誘ってみるか」

まだプールで遊びたい綺羅と蜂谷を残して、自分たちはジャグジーに浸かる。

その後は、車があるのでドライブに行ってもいい。外出嫌いの玲音だが、車に乗って遠出をするのは好きなのだ。

「そのままランチも別々にして、夕食で合流しましょう」

「そうだな。おまえ、綺羅くんに『やっぱりれーちゃんと一緒じゃなきゃ嫌だ』って言わせるなよ」

「志季さんこそ。玲音さんに『綺羅がいないとつまらない』って言わせて早々に合流するはめにならないでくださいね」

お互いに言い合って、それはかなり現実味を帯びたセリフだと、ふたりして俄《にわ》かに心配になる。

「まあ……やれるだけやってみるか」

「……そうですね」

つくづく厄介《やっかい》な兄弟に惚《ほ》れてしまったものだ。

それでもこの胸をつかんで離さない存在は、彼らの他にいないのだから仕方がない。

行けるところまで、ともに行くまでだ。彼らに望まれる限りは。

旅行最終日の夜に、願いどおり恋人を腕に抱いて眠れるかどうかは、ふたりの頑張りにかかっているのかもしれなかった。

あとがき

こんにちは。こんばんわ。おはようございます。真先《まさき》です。

全編書下ろしの八冊目は、仲良し兄弟の恋人たちのお話です。

ほのぼのとあとがきなど綴っていますが、今回は過去最高に極道な進行をしてしまい、大勢の方にご迷惑をかけてしまいました。

まったく進まない作業を辛抱強く待って、何度も調整して励ましてくださった担当様。美麗な西形兄弟と彼氏たちを描いてくださいました三尾《みお》じゅん太《た》先生。お忙しいなかスケジュールを狂わせてしまい、本当に申し訳ありませんでした。

社会人失格だと叱られる夢を見てへこんだり、電話が鳴るたびにビクビクおびえたり、もう書けなくなったのかと悩んだりもしましたが、なんとかあとがきまでたどり着くことができました。

終わりまで書けて、ほっとしています。

今回の反省をバネにして、これから巻き返していく所存です。

絶不調だった理由をあれこれ分析してみますと、昨年の後半あたりから、自分を取り巻く環境の変化がありまして、それまでのペースがくずれたせいかと思っています。

あとがき

大切な家族を見送ったり、戻ってきたり増えたりして、平気だと思っていたのですが、やはりストレスになっていたようです。

年齢を重ねるごとに、変化に弱くなっている気がします。

そんな自分を奮い立たせるために、クッションタイプのマッサージ器を購入しました。

玲音のように、とある通販サイトで、お買いものカートに入れて。

肩こりと腰痛がけっこう楽になるので、今回はよい買い物ができました。

自宅に籠って仕事をしていると、ネットでの買い物は便利すぎて、ついあれこれ買ってしまうのが困りものです。

それでは最後に。

この本を手に取ってくださった皆様へ。

ありがとうございました。少しでも楽しんでいただけましたら幸いです。

また次の作品でもお会いできることを願っております。

真先ゆみ

LYNX ROMANCE

ワンダーガーデン

真先ゆみ

illust. 笹生コーイチ

898円
（本体価格855円）

ピアノを続けたくて親の反対を押しきり音大に入学した春陽は、一年で仕送りを止められる。大学とアルバイトの両立がかなわずに春陽の生活は困窮してしまった。大好きなピアノにも触れなくなっていたある夏の日、春陽は行き倒れていたところを春陽の大学の卒業生である吉祥に拾われ、生活を共にすることになる。新生活はとても居心地のいい時間だけれど、精悍で大らかな吉祥の過剰なスキンシップに春陽の心は乱されて…。

LYNX ROMANCE

ずっと甘《あま》いくちびる

真先ゆみ

illust. 笹生コーイチ

898円
（本体価格855円）

極上の容姿に穏やかな微笑みをのせ、カクテル・バーでアルバイトをしている音大生の麻生空也。ある冬の夜、一年前に空也を見そめた不遜な御曹司・成沢皇が現れ、彼の平穏な日々は崩れ去った。強引すぎるアプローチをくり返す成沢に、空也のため息の数は増えていくばかり。けれどふとした偶然で成沢の意外な一面を知った日から、彼に対する感情は少しずつ変化して…。

LYNX ROMANCE

ロマンスのレシピ

真先ゆみ

illust. 笹生コーイチ

898円
（本体価格855円）

「お待たせしました。高校生になったから、もう雇ってくれるよね？」夏休み、有樹はありったけの勇気を抱え、ティーハウス『TIME FOR TEA』の扉を開いた。一年前にふと足を踏み入れ、無愛想な店長の織部がかいま見せた優しさに、有樹は恋をしたのだ。なんとかアルバイトにこぎつけた有樹だが、かたくなな織部との距離はなかなか縮まらなくて…。短編「花のような君が好き」も収録し、ハートフルラブ満載。

LYNX ROMANCE

花《はな》降《ふ》る夜《よる》に愛《あい》は満《み》ちる

真先ゆみ

illust. 笹生コーイチ

898円
（本体価格855円）

蜂蜜色の髪に碧の瞳を持つたおやかな美貌のウィスティリアは、唯一の家族だった母亡きあと、名門貴族に名を連ねる伯父のもとで暮らしていた。芳しく白い花が咲きほころぶ春、国の第二王子の花嫁を決める催事が行われることになる。ウィスティリアの従妹も参加が決まっていたが、直前に失踪してしまう。代わりにウィスティリアが「姫」として城に赴くはめになるが、第三王子のグレンに男であることがばれてしまい——。

LYNX ROMANCE

伴《はん》侶《りょ》の心《こころ》得《え》

真先ゆみ　illust. 一馬友巳

898円
(本体価格855円)

神社で怪我をし、動けなくなってしまった深森。彼を助けてくれたのは自らを「天狗」と名乗る男・百嵐だった。治療のため屋敷に連れてこられた深森は、百嵐のことを怪しみつつも、傷が癒えるまで滞在することになった。母に捨てられてからは人を信じず、誰にも心を許さなかった深森だが、強引ながらも心から気遣ってくれる百嵐の姿に徐々に惹かれはじめる。だが、百嵐がある思惑をもって深森に近づいたことを知ってしまい…。

LYNX ROMANCE

手《て》をつないで、ずっと

真先ゆみ　illust. 北上れん

898円
(本体価格855円)

親友に片想いをしていた大学生の静和。長き恋も失恋に終わり、一人バーでやけ酒を呑んで酔っぱらってしまう。帰りがけに暴漢に襲われそうになった静和は、バーテンダーに助けられるが、彼は同じ大学で「孤高の存在」と噂される椿本だった。椿本とは話もしたことがなかったが、彼の家に連れていかれ、失恋で痛む気持ちを素直に打ち明けると、椿本に突然「好きだ」と告白され…。

LYNX ROMANCE

白銀《プラチナ》の使《つか》い魔《ま》

真先ゆみ　illust. 端縁子

898円
(本体価格855円)

白銀の髪のフランは、幼い頃に契約した主に仕えるため使い魔養成学校に通っていた。だがフランには淫魔とのハーフであるというコンプレックスがあった。淫魔は奔放な気質のせいで使い魔には不向きと言われていたからだ。そんなある日、同室のジェットへの想いがもとで淫魔として覚醒しはじめてしまうフラン。変化していく身体を持てあましているとジェットに「体調管理だと思え」と淫魔の本能を満たすための行為をされるが…。

LYNX ROMANCEx

英《えい》国《こく》貴《き》族《ぞく》は船《せん》上《じょう》で愛《あい》に跪《ひざまず》く

高原いちか　illust. 高峰顕

898円
(本体価格855円)

名門英国貴族の跡取りであるエイドリアンは、ある陰謀を阻止するために乗り込んだ豪華客船で、偶然かつての恋人・松雪融と再会する。予期せぬ邂逅に戸惑いながらも、あふれる想いを止められず強引に彼を抱いてしまうエイドリアン。だがそれを喜んだのも束の間、エイドリアンのもとに融は仕事のためなら誰とでも寝る枕探偵だという噂が届く。情報を聞き出す目的で、融が自分に近づいてきたとは信じたくないエイドリアンだが…。

LYNX ROMANCE

薔薇《ばら》の王《おう》国《こく》

剛しいら　illust. 緒笠原くえん

898円
（本体価格855円）

長年の圧政で国が疲弊していく中、貴族のアーネストには、ひた隠す願望があった。それは男性に抱かれ快感を与えられること。ある日、屋敷で新入りの若い庭師・サイラスを一目見た瞬間、うしろ暗い欲求をその身に感じてしまうアーネスト。許されざる願望だと自身を戒めるが、それに気付いたサイラスに強引に身体を奪われる。次第に支配されたいとまで望むようになっていく折、サイラスが国に不信を抱いていることを知るが…。

LYNX ROMANCE

センセイと秘《ひ》書《しょ》。

深沢梨絵　illust. 香咲

898円
（本体価格855円）

倒れた父のあとを継ぎ、突然議員に立候補する羽目になった直人は、まさかの当選を果たし、超有能と噂の敏腕秘書・木佐貫に教育を受けることになる。けれど世間知らずの直人は、厳しい木佐貫から容赦ないダメ出しをされてばかり…。落ち込む直人を横目に、彼の教育はプライベートにまで及び、ついには「性欲管理も秘書の仕事のうち」と、クールな表情のままの木佐貫に淫らな行為をされてしまい…！

LYNX ROMANCE

ケモラブ。

水戸泉　illust. 上川きち

898円
（本体価格855円）

クールな外見とは裏腹に、無類の猫好きであるやり手社長の三巳はある日撤退を決めた事業部門の責任者・瀬嶋から直談判を受ける。はじめは意に介さなかった三巳だが、瀬嶋を見て目を疑った。なんと彼には、茶虎の耳と尻尾が生えていたのだ！中年のおっさんになど興味がないと自らに言い聞かせるものの、耳と尻尾に抗えない魅力を感じ、瀬嶋を家に住まわせることにした三巳。その矢先、瀬嶋の発情期がはじまり…！

LYNX ROMANCEx

極《ごく》道《どう》ハニー

名倉和希　illust. 基井颯乃

898円
（本体価格855円）

父親が会長を務める月伸会の傍系・熊坂組を引き継いだ猛。可愛らしく育ってしまった猛は、幼い頃、熊坂家に引き取られた兄のような存在の里見に恋心を抱いていた。組員たちから世話を焼かれ、里見にシノギを融通してもらってなんとか組を回していた猛。しかしある日、新入りの組員が突然姿を消してしまった。必死に探す猛の元に、消息を調べたという里見がやって来て「知りたければ、自分の言うことを聞け」と告げてきて…。

LYNX ROMANCE

月《げっ》蝶《ちょう》の住《す》まう楽《らく》園《えん》

朝霞月子　illust. 古澤エノ

898円（本体価格855円）

ハーニャは、素直な性格を生かし、赴任先のリュリュージュ島で仕事に追われながらも充実した日々を送っていた。ある日配達に赴いた貴族の別荘で、無愛想な庭師・ジョージィと出会うハーニャ。冷たくあしらわれるが、何度も配達に訪れるうち時折覗く優しさに気付き、次第にジョージィを意識するようになる。そんな中、配達途中の大雨でずぶ濡れになったハーニャは熱を出し、ジョージィの前で倒れてしまい…。

LYNX ROMANCE

奪《だっ》還《かん》の代《だい》償《しょう》～約束の絆～

六青みつみ　illust. 葛西リカコ

898円（本体価格855円）

故郷の森の中で聖獣の繭卵を拾った軍人のリグトゥールは、繭卵を慈しみ大切にしていた。しかし繭卵が窃盗集団に奪われてしまう。繭卵の呼び声を頼りに行方を追い続けるも、孵化したために声が聞こえなくなる。それでも、執念で探し続けるリグトゥールは、ある任務中に立ち寄った街で主に虐げられている黄位の聖獣・カイエと出会う。同情し、世話をやいているうちに彼が盗まれた繭卵の聖獣だと確信するが…。

LYNX ROMANCE

アメジストの甘《あま》い誘《ゆう》惑《わく》

宮本れん　illust. Ciel

898円（本体価格855円）

大学生の暁は、ふとした偶然で親善大使として来日していたヴァルニーニ王国の第二王子・レオナルドと出会う。華やかで気品あるレオに圧倒されつつも、気さくな人柄に触れ、彼のことをもっと知りたいと思いはじめる暁。一方レオナルドも、身分を知っても変わらず接してくれる素直な暁を愛おしく思うようになる。次第に惹かれあっていくものの、立場の違いから想いを打ち明け合うことが出来ずにいた二人は…。

LYNX ROMANCE

ブラザー×セクスアリス

篠崎一夜　illust. 香坂透

898円（本体価格855円）

全寮制の男子校に通う真面目な高校生・仁科吉祥は、弟の関係に悩んでいた。狂犬と評され、吉祥以外の人間に関心を示さない彌勒と、兄弟でありながら肉体関係を結んでしまったのだ。弟の体しか知らず、何も分からないまま淫らな行為をされることに戸惑う吉祥は、性的無知を彌勒に揶揄われ、兄としての自尊心を傷つけられる。弟にされるやり方が本当に正しい性交方法なのか、DVDを参考にしようと試みる吉祥だが…。

LYNX ROMANCEx

ハカセの交《こう》配《はい》実《じっ》験《けん》

バーバラ片桐　illust. 高座朗

898円
（本体価格855円）

草食系男子が増えすぎたため、深刻なまでに日本の人口が減少し続けていた。少子化対策の研究をしている桜河内は、性欲自体が落ちている統計に着目していたところ、いかにも性欲の強そうな須坂を発見する。そこで、研究のため須坂のデータを取ることになった桜河内だが、二人が協力し合ううち、愛情が目覚めていく。そんなある日、別の研究者が、桜河内に女体化する薬を飲ませていたことが発覚し…。

LYNX ROMANCE

恋《こい》もよう、愛《あい》もよう。

きたざわ尋子　illust. 角田緑

898円
（本体価格855円）

カフェで働く紗也は、同僚の洸太郎から兄の逸樹が新たに立ち上げるカフェの店長をしてくれないかと持ちかけられる。逸樹は憧れの人気絵本作家であり、その彼がオーナーでギャラリーも兼ねているカフェだと聞き、紗也は二つ返事で引き受けた。しかし実際に会った逸樹は、数多くのセフレを持ち、自堕落な性生活を送る残念なイケメンだった。その上逸樹は紗也にもセクハラまがいの行為をしてくるが、何故か逸樹に惚れてしまい…。

LYNX ROMANCE

一《ひと》つ屋《や》根《ね》の下《した》の恋《れん》愛《あい》協定《きょうてい》

茜花らら　illust. 周防佑未

898円
（本体価格855円）

恭が大家をしている食事つきのことり荘には、3人の店子がいた。大人なエリートサラリーマンの乃木に、夜の仕事をしている人嫌いの男・真行寺、そして大学生で天真爛漫な千尋と個性豊かな3人だ。半年かけ、ようやく炊事や掃除など大家としての仕事も慣れてきた恭は、平穏な日々を送っていた。しかしその裏では恭に隠れてコソコソと3人で話し合いが行われていて、ある日突然3人の中から誰か一人を恋人に選べと迫られ…。

LYNX ROMANCE

銀《ぎん》の雫《しずく》の降《ふ》る都《みやこ》

かわい有美子　illust. 葛西リカコ

898円
（本体価格855円）

レーモスよりエイドレア辺境地に赴任しているカレル。三十歳前後の見た目に反し、実年齢は百歳を超えるカレルだが、レーモス人が四、五百年は生きる中、病気のため治療を受け続けながら残り少ない余命を淡々と過ごしていた。そんなある日、内陸部の市場で剣闘士として売られていた少年を気まぐれで買い取る。ユーリスと名前を与え、教育や作法を躾けるが、次第に成長し、全身で自分を求めてくる彼に対し徐々に愛情が芽生え…。

LYNX ROMANCE

シンデレラの夢《ゆめ》

妃川螢

illust. 麻生海

898円
（本体価格855円）

祖母が他界し、天涯孤独の身となった大学生の桐島玲は亡き祖母の治療費や学費の捻出に四苦八苦していた。そんな折、受験を控えている家庭教師先の一家の旅行に同行して欲しいと頼まれる。高額なバイト代につられてリゾート地の海外に来た玲は、スウェーデン貴族の血を引く製薬会社の社長・カインと出会う。夢が新薬の開発で薬学部に通う玲は、彼の存在を知っていたが、そのことがカインの身辺を探っていると誤解され…。

LYNX ROMANCE

教《おし》えてください

剛しいら

illust. いさき李果

898円
（本体価格855円）

やり手の会社経営者・大堂勇磨のもとに、かつて身体の関係があった男・山陵が現れる。「なにをしてもいいから、五百万貸してくれ」と息子の啓を差し出す山陵に腹を立てた大堂は、啓を引き取ることに。タレントとして売り出そうとするが、二十歳の啓の顔立ちは可愛いものの覇気がなく、華やかさも色気もなかった。まずは自信を持たせるためにルックスを磨き、大堂の手でセクシュアルな行為を仕込むが…。

LYNX ROMANCE

あかつきの塔《とう》の魔術師《まじゅつし》

夜光花

illust. 山岸ほくと

898円
（本体価格855円）

長年隣国であるセントダイナの傘下にある魔術師の国サントリム。代々人質として、王子を送っており、今は王族の中で唯一魔術が使えない第三王子のヒューイが隣国で暮らしている。魔術師のレニーが従者として付き添っているが、魔術が使えることは内密にされていた。口も性格も悪いが常にヒューイのことを第一に考え行動してくれる彼と親密な絆を結び、美しく育ったヒューイ。しかし、世継ぎ争いに巻き込まれてしまい…。

LYNX ROMANCE

罪人《とがびと》たちの恋《こい》

火崎勇

illust. こあき

898円
（本体価格855円）

母子家庭の信田は、事故で突然母を亡くしてしまう。葬儀の場に父の遺いが現れ、信田はヤクザの組長だった父に引き取られることに。ほとんど顔を合わせることのない父の代わりに、波瀬という組の男に面倒を見られる日々を送ることになった信田。共に過ごすうち、次第に惹かれ合うようになる二人。しかし父が何者かに殺害され、信田は波瀬が犯人だと教えられる。そのまま彼は信田の前から消えてしまい…。

LYNX ROMANCE

リーガルトラップ

水壬楓子

illust. 亜樹良のりかず

898円
（本体価格855円）

名久井組の若頭・佐古は、組のお抱え弁護士である征眞とセフレの関係を続けていた。そんなある日、佐古は征眞が結婚するという情報を手に入れる。征眞に惚れている佐古は、彼が結婚に踏み切らないよう、食事に誘ったりプレゼントを用意したりと、あの手この手で阻止しようとする。しかし残念ながら、征眞の結婚準備は着々と進んでいき…。RDCシリーズ番外編。

LYNX ROMANCE

初《はつ》恋《こい》のソルフェージュ

桐嶋リッカ

illust. 古澤エノ

898円
（本体価格855円）

長い間、従兄の尚梧に片想いをし続けている凛は、この初恋は叶わないと思いながらも諦めきれずにいた。しかし、尚梧から突然告白され、嬉しさと驚きで泣いてしまった凛は、そのまま一週間、ともに過ごすことになった。激しい情交に溺れる日々の中、「尚梧に遊ばれている」だけだと彼の友人に凛は告げられる。それでも好きな想いは変わらなかった凛は、関係が終わるまで尚梧の傍にいようと決心し…。

LYLYNX ROMANCE

眠《ねむ》り姫《ひめ》とチョコレート

佐倉朱里

illust. 青山十三

898円
（本体価格855円）

バー・チェネレントラを経営している長身でハンサムな優しい男・黒田剛は、店で繰り広げられる恋の行方をいつでも温かく見守り、時にはキューピッドにもなってきた。そんな黒田だが、その実、素はオネエ言葉な乙女男子だった。恋はしたいけれど、こんな男らしい自分が受け身の恋なんて出来るはずがないと諦めている。しかしある日、バーの厨房で働くシェフの関口から突然口説かれて…。

LYNX ROMANCE

夏《なつ》の雪《ゆき》

葵居ゆゆ

illust. 雨澄ノカ

898円
（本体価格855円）

事故で弟が亡くなって以来、壊れていく家族のなかで居場所をなくした冬は、ある日衝動的に家を飛び出してしまう。行くあてのない冬を拾ったのは、偶然出会った喜雨という男だった。優しさに慣れていない冬は、喜雨の行動に戸惑うが、次第にありのままを受け入れてくれる喜雨に少しずつ心を開いていく。やがて、喜雨に何気なく触れられるたびに、嬉しさと切なさを感じはじめた冬は、生まれて初めて人を好きになる感情を知り…。

LYNX ROMANCE

サクラ咲《さ》ク

夜光花

898円
(本体価格855円)

高校生のころ三ヶ月間行方不明になり、その間の記憶をなくしたままの怜士。以来、写真を撮られたり人に触れられたりするのが苦手になってしまった怜士は、未だ誰ともセックスすることが出来ずにいる。そんなある日、中学時代に憧れ、想いを寄せていた花吹雪先輩――櫻木と再会する。櫻木がおいかけていた事件をきっかけに、二人は同居することになるが…。
人気作「忘れないでいてくれ」スピンオフ登場！

LYNX ROMANCE

幽《ゆう》霊《れい》ときどきクマ。

水壬楓子　illust. サマミヤアカザ

898円
(本体価格855円)

ある朝、刑事の辰彦は、帰宅したところを美貌の青年に出迎えられる。青年は信じられないことに、床から十センチほど浮いていた。現実を直視したくない辰彦に対し、青年の幽霊は「自分の死体を探して欲しい」と懇願してくる。今、追っている事件に関わりがありそうな予感から、気が乗らないながらも引き受ける辰彦。ぬいぐるみのクマの中に入りこんだ幽霊・恵と共に死体を探す辰彦だったが…。

LYNX ROMANCE

闇《やみ》の王《おう》と彼方《かなた》の恋《こい》

六青みつみ　illust. ホームラン・拳

898円
(本体価格855円)

雨が降る日、どこか懐かしく感じる男・アディーンを助けた高校生の羽室悠。人間離れした不思議な魅力を持つアディーンに強く惹かれるが、彼は『門』から来た『外来種』だと気づいてしまう。人類の敵として忌み嫌われ恐れられている彼の存在に悩みながらも、つのる想いが抑えられず隠れて逢瀬を続ける悠。しかし、『外来種』を人一倍憎んでいる親友の小野田に見つかり、アディーンとの仲を引き裂かれてしまい…。

LYNX ROMANCE

理《り》事《じ》長《ちょう》様《さま》の子《こ》羊《ひつじ》レシピ

名倉和希　illust.高峰顕

898円
(本体価格855円)

奨学金で大学に通っている優貴は、理事長である滝沢に対して恩を感じていた。それだけでなく、その魅力的な容姿と圧倒的な存在感に憧れ、尊敬の念さえ抱いていた。めでたく二十歳を迎えた優貴は、突然滝沢から呼び出されて、食事をご馳走になる。酒を飲んだ優貴は突然睡魔に襲われてしまう。目覚めると、裸にされ滝沢の愛撫を受けていた優貴は、滝沢の家に住み、いつでも身体の相手をすることを約束させられ…。

LYNX ROMANCEx

氷《こおり》の軍神《ぐんしん》～マリッジ・ブルー～

沙野風結子　illust. 霧壬ゆうや

898円
（本体価格855円）

中小企業庁に勤務する周防孝臣は企業の海外展開を支援するため、ドイツへ視察に向かう。財閥総帥の次男、クラウス・ザイドリッツに迎えられ、「冷徹な軍人」の印象をもつ美貌の彼と濃密な時間を過ごすことになった。帰国前日、同性であるクラウスの洗練された魅力にあらがえないことに思い悩む孝臣は、ディナーで突然、意識をなくしてしまう。目覚めた孝臣にまっていたのは拘束され、クラウスに「淘汰」されることだった…。

LYNX ROMANCE

ウエディング刑事《デカ》

あすか　illust. 緒田涼歌

898円
（本体価格855円）

真面目でお人好しの新米刑事・水央は、ある日事件の捜査へ向かう。そこで水央が目にしたのは、ウエディングドレスに身を包んだかつての幼馴染み・志宝路維だった。路維も刑事で、水央とパートナーを組むのだという。昔から超絶美形で天才…なのに恋人だった路維に振り回されていた水央は、相変わらずな路維の行動に戸惑うばかり。さらに驚くことに、路維は水央との結婚を狙っていて!? 二人のバージンロードの行方はいかに！

LYNX ROMANCE

いとしさの結晶《けっしょう》

きたざわ尋子　illust. 青井秋

898円
（本体価格855円）

かつて事故に遭い、記憶を失ってしまった着物デザイナーの志信は、契約先の担当である保科と恋に落ち恋人となる。しかし記憶を失う前はミヤという男のことが好きだったのを思い出した志信は別れようとするが保科は認めず、未だに恋人同士のような関係を続けていた。今では俳優として有名になったミヤを見る度、不機嫌になる保科に呆れ、自分がもう会うこともないと思っていた志信。だが、ある日個展に出席することになり…。

LYNX ROMANCE

Zwei《ツヴァイ》

かわい有美子　illust. やまがたさとみ

898円
（本体価格855円）

捜査一課から飛ばされ、さらに内部調査を命じられてやさぐれていた山下は、ある事件で検事となった高校の同級生・須和と再会する。彼は、昔よりも冴えないくすんだ印象になっていた。高校時代に想い合っていた二人は自然と抱き合うようになるが、自らの腕の中でまるで羽化するように綺麗になっていく須和を目の当たりにし、山下は惹かれていく。二人の距離は徐々に縮まっていく中、須和が地方へと異動になることが決まり…。

LYNX ROMANCE

月神《つきがみ》の愛《め》でる花《はな》

朝霞月子　illust. 千川夏味

898円
(本体価格855円)

見知らぬ異世界へトリップしてしまった純情な高校生の佐保は、若き皇帝レグレシティスの治めるサークィン皇国の裁縫店でつつましくも懸命に働いていた。あるとき、城におつかいに行った佐保は、暴漢に襲われ意識を失ってしまう。目覚めた佐保は、暴漢であったサラエ国の護衛官たちに、行方不明になった皇帝の嫁候補である「姫」の代わりをしてほしいと懇願される。押し切られた佐保は、皇帝の後宮で姫として暮らすことになり…。

LYNX ROMANCE

暁《あかつき》に濡《ぬ》れる月《つき》 上

和泉桂　illust. 円陣闇丸

898円
(本体価格855円)

戦争で家族と引き裂かれた泰貴は美しい容姿と肉体を武器に生き延び、母の実家・清澗寺家にたどり着く。当主・和貴の息子として育った双子の兄・弘貴と再会した泰貴は、己と正反対に純真無垢な弘貴に激した憎悪を抱く。心とは裏腹に快楽を求める肉体——清澗寺の呪われた血を嫌う一方で、泰貴は兄を陥れて家を手に入れる計画を進めていく。そんな中で家庭教師・藤城の優しさに触れ、泰貴は彼を慕うようになるが…。

LYNX ROMANCE

暁《あかつき》に濡《ぬ》れる月《つき》 下

和泉桂　illust. 円陣闇丸

898円
(本体価格855円)

清澗寺伯爵家に引き取られた泰貴は、双子の兄・弘貴から次の当主の座を奪おうと画策していた。そんな中で家庭教師の藤城に恋した泰貴は、彼の冷酷な本性を知り衝撃を受ける。隷属を求め、泰貴を利用しようと企む藤城に反発し、泰貴は恋を諦めようとする。一方、闇市の実力者・曾我との関係を深める弘貴は、闇市の利権を巡る抗争に巻き込まれてしまう。時代の荒波は、否応なしに清澗寺家をも呑み込んでいき…。

LYNX ROMANCE

変身《へんしん》できない

篠崎一夜　illust. 香坂透

898円
(本体価格855円)

美貌のオカマ・染矢は、ある日、元ヤンキーの本田に女と勘違いされ一目惚れされてしまう。後日デートに誘われた染矢は、いつものように軽くあしらおうとするが、なぜか本田相手にはペースを乱されてしまい上手くいかない。そんな折、実家に帰るため男の姿に戻ったところを本田に見られてしまい…!? 「お金がないっ」シリーズよりサイドストーリーが登場！

この本を読んでの
ご意見・ご感想を
お寄せ下さい。

〒151-0051
東京都渋谷区千駄ヶ谷4-9-7
(株)幻冬舎コミックス　リンクス編集部
「真先《まさき》ゆみ先生」係／「三尾《みお》じゅん太《た》先生」係

リンクス ロマンス

お兄さんの悩みごと

2013年6月30日　第1刷発行

著者……………真先《まさき》ゆみ
発行人…………伊藤嘉彦
発行元…………株式会社　幻冬舎コミックス
〒151-0051　東京都渋谷区千駄ヶ谷4-9-7
TEL 03-5411-6431（編集）
発売元…………株式会社　幻冬舎
〒151-0051　東京都渋谷区千駄ヶ谷4-9-7
TEL 03-5411-6222（営業）
振替00120-8-767643
印刷・製本所…共同印刷株式会社
検印廃止

ISBN978-4-344-82861-2 C0293
Printed in Japan

幻冬舎コミックスホームページ　http://www.gentosha-comics.net